風雲時代

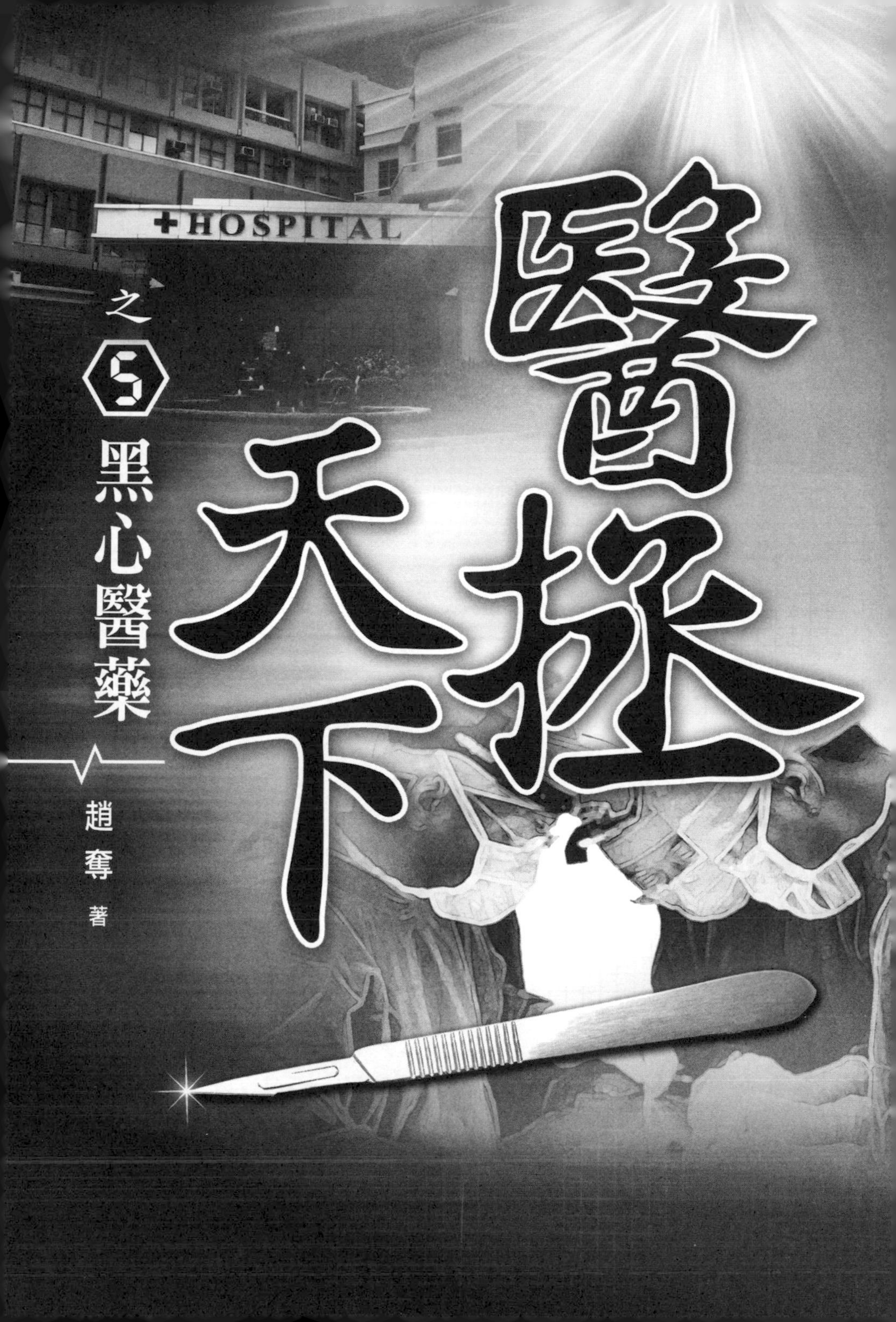
+HOSPITAL
醫控天下
之 5
黑心醫藥
趙奪 著

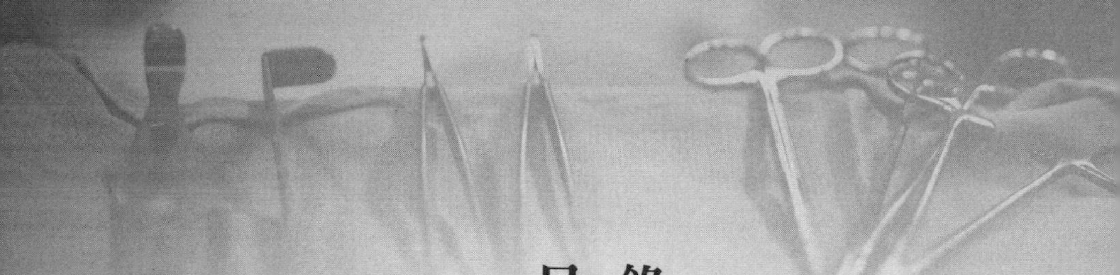

目錄

CONTENTS

第一劑

黎明過後的曙光

他確定那不是眼花，雖然只看到那患者的腳輕輕動了一下，幅度雖然不大，卻足以讓趙燁興奮。

趙燁跑回病房，此刻趙燁甚至能夠感覺到自己心跳加速，他無比激動的走到病人床前，又做了一遍檢查。

就在趙燁進行檢查的時候，他甚至能感覺到患者正在甦醒，心跳漸漸加快到正常人的水準，手腳也在慢慢活動。

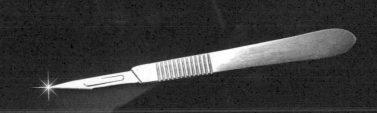

這場手術也猶如那個吻，輕輕拂過，不留一點痕跡。

手術過後，患者昏迷了兩天後終於轉醒，而秦嵐在那個吻以後再也沒出現過。

整個醫院似乎又恢復了平靜，所有人的眼光都聚集在這個患者能否轉醒的問題上，醒了自然萬事大吉，如果沒醒，那所有的努力都化爲了泡影。

趙燁每天依舊上班，不過他多了一項任務，每天去觀察患者的情況，雖然他依舊昏迷，可各項生命指標還是非常令人高興的，患者正在快速恢復中。

醫院內似乎已經平靜了，可媒體卻沒有閑下來。

這幾天醫院中抓到很多記者，對於那些尋找新聞線索的記者，趕也不是，收也不是，非常讓人頭疼。

少數小報記者也不管三七二十一就是一頓亂拍，反正能編排出新聞來就行，當然這種新聞一般都不說好話。

主流媒體依舊是嚴厲批評的口吻，對於毫無作爲的易盛藥業，他們甚至提出要求有關部門終止實驗。

當然明珠集團不可能坐視不理，實驗還是要繼續的，它雖然在醫藥行業能量一般，但畢竟也是個擁有幾百億營業額的龐然大物，對政界的影響不容小窺。

轉眼手術已經過去了兩天，這兩天趙燁都是睡在醫院的，多半原因是關心病人，少半原因是趙燁覺得那天晚上似乎有點過了。

每天他依然送趙依依回家，吃飯，然後再上班，這讓他心裏好受了一些。

這天趙燁換上了嶄新的白大褂，非主流小風衣終於退役了。長天大學附屬醫院爲了不讓媒體抓把柄，決定給趙燁一個醫生的名譽頭銜，也算是在醫院裏有了行醫資格。

然而趙燁並不想在這裏治療其他病人，眼前這個癌症手術患者已經耗費了他全部精力。然而有些事情並不是那麼簡單，趙燁不想要其他患者，可是偏偏有患者找上門來。

在趙燁換上新白大褂不久，他就接到了通知，門診有位患者點名要求趙燁看病，趙燁頭也不抬地對這那位傳話的護士說道：「我不坐門診，麻煩你找其他醫生。」

開玩笑，趙燁現在忙得要命，怎麼可能去管那些事呢？

坐門診人人都可以，趙燁在診斷上並不是特別突出，另外趙燁還覺得這指名找他的人肯定有問題，多半是記者。

趙燁的猜測有幾分接近，那個指名道姓找他的人的確有問題，只不過不是記者，因爲記者通常會如同膏藥一般，採訪不到，死不甘休。

而這個患者卻靜靜地離開了，然後打電話給趙燁，看著陌生的號碼，趙燁猶豫了一下，還是接聽了。

「喂，我是趙燁，請問你是誰？」

「我是鄒舟！」

時間彷彿在此刻凝固，趙燁從來沒想過來電話的竟然會是鄒舟，他又想起鄒舟那柔弱可愛的樣子，想起兩人一起去嬰兒室看新生兒的情景。

「你……」

「很奇怪是吧，剛剛我在門診找你，他們說你不坐診，沒辦法，我就只能給你打電話了，你現在有空嗎？」

趙燁立刻放下手頭的工作說道：「有空，你在哪裏？我去找你吧！」

聽鄒舟報出地點，趙燁立刻放下電話，飛奔而去。

趙燁遠遠地就看到了鄒舟，這個女孩恢復得顯然比想像中要快得多，上次鄒夢嫻打電話來還說鄒舟的運動神經有問題，可現在她卻能行動自如，甚至跑到醫院來找趙燁。

只是她看起來依然病怏怏的，面容消瘦而蒼白，穿著淡藍色外衣的她猶如一朵嬌弱的花兒，讓人憐愛。

趙燁一路小跑到鄒舟身邊，仔細地將她打量了一番，說：「你，你還好嗎？」

鄒舟同樣上上下下地看了一遍趙燁，似乎初次見面般。

雖然事實上鄒舟不是第一次見到趙燁，可對於現在的她來說，這和第一次沒有什麼差別，因為她忘記了趙燁。

「你就是趙燁？沒有我想像中的那麼好麼……」鄒舟有些失望。

「你果然還沒恢復，你還有什麼地方不舒服？嗯，我們去個安靜點的地方！」趙燁說著將鄒舟拉到一間沒人的診斷室，最近醫院就診人數少了，很多診斷室都是空的。

「我現在能走路了，但是手臂還不行！我左手抓不住東西，右手定位不準。另外我對於味道根本沒有感覺，姐姐說我脾氣變得跟以前不一樣了，還有我變得喜歡睡覺……」鄒舟一連串說了許多問題。

雖然如此，趙燁卻也放心了不少，起碼這手術是成功的，鄒舟的恢復也比想像的要好很多。

「你怎麼想到來找我？為什麼不在家裏好好修養恢復？」

鄒舟看了一眼趙燁，沒好氣地說道：「還不是因爲你，你不肯做我的家庭醫生，我只能來找你看病了。我一直以爲你是個白馬王子，是個超級無敵的帥哥，是個可以與我姐姐的美麗相匹配的男人。所以我就來了，只是你太讓我失望了……」

趙燁突然覺得有些鬱悶，說他不帥的人多了，可沒有人這麼直接。於是趙燁只好自嘲道：「人人都說我帥得不明顯……這個我早就知道。」

「其實我什麼都不記得了，我知道你，還是因爲在我失去記憶以前寫下的那些記錄。之前我記錄了很多事情，所以現在我知道你，也知道我姐姐，更知道以前的我很聰明，可我現在卻連簡單的算術都不會……」

鄒舟說著有些傷感，眼淚都要流下來了。當趙燁想要安慰她時，鄒舟又繼續說道：「我得病以前做的記錄上寫著你的名字，說你是來救我的人，可是你讓我太失望了，我怎麼也不覺得你能救我。」

趙燁徹底鬱悶了，怎麼救人還看相貌？

感情這小丫頭是把自己跟那些王子相比了，趙燁沒王子的相貌，更沒有鬥惡龍的手段，更不會用一個吻來救活沉睡的公主。

「好了，你現在要做的是回家，醫院不適合你養病。」

「不要，我不回家，你帶我出去玩吧，我想去遊樂園，可姐姐就是不讓……」鄒舟說著打了個哈欠，然後伸了個懶腰，「我先睡一會兒，醒了你就帶我去遊樂園。」

趙燁搖了搖頭，這丫頭的確有問題，顱內損傷讓她變得嗜睡，又讓她性格改變，可是這種病急不得，只能慢慢恢復，對於這種特殊病人，趙燁也毫無辦法！

南方的冬天雖然比不上北方的寒氣逼人，可也是冷風陣陣，讓習慣了溫暖的人們忍不住打寒戰。

鄒舟在這樣的天氣裏，大咧咧地趴在桌子上睡著，顯然不是一個明智的選擇。

趙燁歎了口氣將她抱起來，走向醫生休息室。

這種嗜睡的病人最好不要叫醒她，所以趙燁也沒打算叫醒她。

醫生休息室裏白天沒人，趙燁抱著鄒舟輕輕地將她放在床上，看著她熟睡的樣子，趙燁不由得一陣心痛，這孩子爲什麼要受這麼多苦呢？

還好她是生在大富之家，如果是普通人家的孩子，或許已經死了。

還好她遇到了李傑與趙燁，否則有再多的錢，那手術也沒有辦法完成。

現在鄒舟進入了術後恢復期，漫長且無法預計的恢復期。她姐姐鄒夢嫻希望趙燁能作爲她們的家庭醫生，全心全意幫忙治療。

趙燁並不是不近人情，他也想好好地治療鄒舟，可事情總有個主次，鄒舟的病急不得，只能慢慢恢復。

作為醫生，趙燁雖然挺厲害，可他畢竟不是神，能夠進行如此難度的開顱手術已經非常驚人，對於恢復，趙燁還真沒有特別的辦法，任何藥物都沒有辦法幫助她。

趙燁給她治療，還不如動用鄒夢嫻的影響力，去請那些世界級的神經內科專家。

眼前趙燁還有許多事情要做。

趙燁將鄒舟安頓好了以後，就跑到辦公室裏繼續工作，工作的時候趙燁從來都是心無雜念，可這次趙燁卻不能不分神想一想鄒舟。

鄒舟無論怎麼說都在趙燁心裏佔據了一定的地位，趙燁還記得鄒舟對他無條件的信任，相信趙燁一定能夠救她。

無奈之下趙燁取出幾張白紙，仔細回憶著以前學習過的知識，為鄒舟制定恢復計畫。

趙燁或許比不上那些頂尖的神經內科專家，但趙燁覺得要為鄒舟做點什麼，他才能安心。

中醫擅長養生保健，可鄒舟這種病實在罕見，國代名醫先賢們行醫一輩子也沒有遇到過這樣的症狀吧！

因爲那個時代畢竟沒有開顱手術，所以趙燁在江海那典籍中得不到什麼啓示。

雖然趙燁制定的康復計畫中還是以西藥爲主，中藥只是在補元氣、養身體這方面起作用。

另外趙燁還制訂了一系列物理治療，例如運動恢復，還有一些針灸方面的輔助恢復。

或許這些都不一定有用，效果也可能不明顯，但卻讓趙燁安心許多，或許以後會更累，但這畢竟能夠讓他安心，不再覺得欠鄒舟什麼。

忙了一天，趙燁總算完成了一天的工作，站起來伸了個懶腰，走到醫生值班室，值班室裏的鄒舟還在睡覺。

十六七歲的孩子正是精力充沛的時候，她這樣嗜睡完全是病理性的，趙燁輕輕地搖了搖她的胳膊，將她叫醒。

鄒舟也許是睡了太久的緣故，睜開眼睛後還不知道睡在哪裏，過了一會兒，她才反應過來。

「我們什麼時候去遊樂園玩呢？」她醒來的第一件事就是詢問去玩的事情，看來她雖然病了，頭腦卻還清楚。

趙燁指了指牆上的掛鐘道：「天都要黑了，今天就算了吧！」

「哎，你怎麼不早點叫醒我，既然不能玩，我就回家了，你這裏一點都不好玩。」鄒舟嘛著嘴說道。

「我送你回去吧，你住哪裏呢？」趙燁當然不放心讓她自己回去，她雖然能自己跑過來，卻不一定能自己跑回去。

「我忘記了……」鄒舟低頭玩著手指說道。

鄒舟的回答差點讓趙燁暈倒，看來健忘也是她的症狀之一，只是趙燁不明白早先她想出去玩怎麼沒有忘記呢？

沒辦法，趙燁只能掏出手機，還好之前與鄒夢嫻的通話記錄還在。

趙燁撥通了鄒夢嫻的電話，這號碼是她私人的號碼，知道她這個手機號的人不多。

「喂？你有什麼事，我很忙。」電話撥了好一會兒才接通，鄒夢嫻的聲音顯得有些不耐煩，似乎被什麼事情困擾著。

如果是以前，趙燁肯定懶得給她打電話，更不會在人家很忙的情況下，還耐心地跟她說什麼。

「你住在哪裏？鄒舟在我這裏，我現在送她回家！」

「你在哪裏？在醫院麼？我現在就去你那裏，千萬不要離開！」鄒夢嫻顯然很著急，說完就掛了電話。

鄒夢嫻在趙燁眼中從來都是一副盛氣凌人，應該被人崇拜的樣子，可趙燁對她不感興趣，不管別人怎麼看她，反正趙燁只是把她當普通人，從來沒有過什麼特別的感覺。

鄒夢嫻來得很快，她身邊還跟著一位保鏢，她臉色非常難看，見著趙燁冷冰冰地問道：「鄒舟在哪裏？」

趙燁可沒想到這女人變臉如此之快，想一想也對，人家是大明星，自己不過是個小醫生，想打就打，想罵就罵，召之即來，揮之即去，還不都是應該的！

可趙燁這小醫生對此卻大皺眉頭，根本懶得理她，她願意怎麼樣就怎麼樣吧，趙燁完全是看在鄒舟的面子上，就不跟她計較了。

鄒舟原本一直躲在門口不敢出來，看到眼前氣氛如此尷尬，才跑出來對姐姐說道：「姐姐，我在這裏，你別怪趙燁哥哥，是我自己跑出來的，跟他沒有關係。」

鄒夢嫻冷冷地瞪了趙燁一眼，跑過去與妹妹抱在一起，然後拉著妹妹就要離開。

「站住！」

趙燁脾氣再好也生氣了，鄒舟已經解釋了一切，她竟然還是這樣的態度，鄒夢嫻這樣的女人實在太難伺候，趙燁打算就此跟她撇清關係，省得以後生氣。

「拿了這個再走！」

趙燁說著將此前制定的康復計畫丟給鄒夢嫻。

鄒夢嫻看著手裏那十幾張寫滿康復計畫的紙才明白過來，原來趙燁一直是關心鄒舟的，眼前的治療計畫就是證明，自己剛剛確實有些過分了。

可大明星從來不知道如何道歉，更不知道怎麼服軟，尷尬地站在那裏，不知道如何收場。

費力不討好的事，趙燁已經不是第一次做了，他不想這樣的事再次發生，於是脫下白大褂掛在醫生休息室的牆上，準備回家。

下班時間到了，臨走的時候還不忘對鄒夢嫻說道：「鄒舟的病我只能做這麼多了，如果你用我的康復計畫，那麼其他人的計畫必須停止。其他的事情，你好自為之。」

鄒舟顯然沒發現姐姐的尷尬，看到趙燁要離開，她還不忘出去玩的事情，對著趙燁漸漸遠去的背影喊道：「別忘了答應我的事，下次要帶著我出去玩啊！」

趙燁沒回頭，只擺了擺手示意自己聽見了，可他心裏卻一片空白，出去玩？

不知道要等到什麼時候了。

回到趙依依家中，趙燁打開門後，發現趙依依還沒回家，或許是因爲有什麼事情出去了吧！

除了趙依依偶爾的流氓行徑外，趙燁在這裏已經住得很習慣了，回到家中洗澡看書睡覺，生活看似如此平淡愜意，可誰又能看出他內心裏的巨大壓力呢？

趙燁的論文寫得差不多了，實驗室的幾組關鍵資料出來以後就可以投稿到《自然科學》雜誌了。

還有那位手術的患者，目前各項生命指標都趨於正常，清醒只是時間的問題，只要他清醒了，就可以進行藥物實驗，到時候所有的困難都將被消滅。

時間在慢慢流逝，研究的進展是巨大的，各項工作都進行得非常不錯，可趙燁對此還是不滿意。

外面媒體的轟炸接連不斷，而易盛藥業以及趙燁他們這些研究人員始終保持沉默，在這種壓力下生活，讓人非常氣悶。

趙燁很想跑到外面高聲呼喊，或者指著那群挑撥是非的無良媒體一頓臭罵，然而這都是不允許的，趙燁能做的只有沉默，努力研究，用事實、用證據來說話。

趙燁現在就像一張弓，越繃越緊，在工作的時候，趙燁從來不覺得累，甚至越工作效率越高。

回家以後，趙燁還在看書，一直看到夜裏十點多，因爲白天的勞累，趙燁再也堅持不住了，才睡下。

趙燁一點也不敢放鬆，他怕自己一旦放鬆，就再也提不起勇氣面對這一切了。

第二天醒來的時候，他看到趙依依竟然又睡在沙發上，這次連衣服都沒脫，身上的衣服弄得亂糟糟，趙燁回想起昨夜自己睡覺的時候趙依依還沒回來，看來趙依依昨夜是出去應酬了。

趙燁去長天大學附屬醫院的第一天，他就聽說過關於趙依依的一些傳聞，長大附醫一枝花，趙依依的美貌是出了名的，人人都說她能夠晉升這麼快，跟她會利用資源有關。

資源當然是指她作爲女人天生美貌，但不可否認的是趙依依本身醫術也非常高明，這一點不容置疑。

關於那些謠言，趙燁半信半疑，起碼在他實習這將近一年的時間裏，趙燁沒發現她做過什麼利用美色的事，趙燁看到的更多的是她過人的醫術，以及積極向上的工作態度。

趙燁看到醉酒睡在沙發上的趙依依有些內疚，這兩天沒跟她一起回來，是不是被領導趁機拉去夜店了。

趙燁歎了口氣，跑到廚房弄了豆漿跟蛋糕作爲早點，然後叫醒了趙依依。

這位因爲醉酒而睡在沙發上的美女，顯然不知道自己身在何處，待她發現這是熟悉的家時，才長長地舒了一口氣。

看著趙燁微笑的臉與準備好的早餐，趙依依終於安心了，她拍著趙燁的肩膀說道：「我先不吃了，你自己吃吧！時間不早了，洗個澡直接上班了。」

女人喜歡乾淨勝過了一切，趙燁不知道趙依依是幾點回家的，可身上那股酒味卻隱約還在。

趙依依對趙燁從來都是當做空氣而不是男人，她直接在客廳裏脫了衣服進去洗澡，趙燁只能背過身去，暗暗搖頭去吃早飯。

早飯吃完，趙依依也洗完了，她將昨天的衣服都丟在垃圾袋裏，然後對趙燁說道：「幫我拿出去丟了！」

趙燁雖然不喜歡逛街，可趙依依這一身名牌服裝還是認識的，全身上下一套怎麼也要幾千塊，可她卻毫不猶豫地丟掉，看來是對這身衣服深惡痛絕了，不知道昨天夜裏趙依依過了一個怎樣糟糕的夜晚。

趙燁不敢多問，只能遵命，下樓的時候將那身衣服丟在垃圾桶裏。

趙依依年紀三十出頭，當上科室主任也不過一年多，可是她生活算得上非常奢華，住豪宅、開好車。

主任醫生開車的不少，但是像趙依依這麼年輕卻這麼有錢的卻不多，所以趙燁覺得醫院裏的謠言多半是因爲她有錢、漂亮引發的聯想。

趙依依很少開車去上班，她自然是想低調點，可今天她卻一反常態直接開車載著趙燁去上班，路上還跑到星巴克買了一杯咖啡外帶。

「姐姐，空腹喝咖啡不好吧！」趙燁坐在副駕駛的位置上，接收著路人看小白臉的目光。

「留學的時候喝了幾年，習慣了。對了，今天晚上你不用陪我回去，我還有些事情。」趙依依淡淡地說道。

趙燁沒有多說，這兩天是院長退休權力交接的日子，趙依依這個新任院長可能是有應酬吧。

到了醫院，兩人分別去了自己的科室，趙燁現在多半時間都在易盛藥業研究所裏。

從那天手術以後，秦嵐就請假說是回家了，沒有了活潑的秦嵐，整個研究所內又變得死氣沉沉，當然趙燁不這麼覺得，他覺得研究所裏安靜點好，他可以專心致志地寫論文或者分析資料。

每天開始工作之前，趙燁都要先去看看那個昏迷的病人，確切地說，是術後恢復中還未清醒的病人。

每天他都滿懷信心地去看病人，可每天都沒有滿意的結果。

今天患者依舊沒有清醒，趙燁給他做了個全身檢查，包括普通的體格檢查和三大常規檢查等等。

趙燁剛剛開完化驗單，還沒來得及交給護士，手機又響了。

掏出手機一看，又是陌生號碼，平時除了騷擾電話，趙燁一個禮拜也難得接到一個這樣的陌生電話，可這兩天卻經常出現陌生的電話號碼，而且每次陌生號碼打來總是有事情發生。

趙燁很想掛了電話，這幾天的生活太混亂了，各種事情弄得他焦頭爛額。可最後他還是硬著頭皮接通了電話。

陌生的號碼，卻是很熟悉的聲音，來電話的是鄒舟，這個號碼跟昨天的號碼不同，很顯然是新換的。

鄒舟在電話中的聲音很小，神神秘秘地說道：「趙燁哥哥，我是偷偷給你打電話的，你還好嗎？什麼時候帶我去遊樂園啊？」

「等幾天吧，等你病好了再說。」趙燁含糊其辭地道。

帶鄒舟出去也要先過了她姐姐那關，鄒夢嫻這大明星趙燁可惹不起她。

「你根本是在騙我，我就知道你不會帶我去的！是不是因爲我姐姐？其實我姐姐沒有惡意，她只是太關心我了，我代我姐姐向你道歉啊，你別生氣，你還帶我去遊樂園嗎？」

「沒這回事，你姐姐是你姐姐，你是你，你們兩個不一樣！」

電話另一頭，鄒舟緊緊地握住電話，小聲對趙燁說道：「趙燁哥哥，告訴你個秘密，其實我姐姐挺在乎你的，昨天她雖然什麼都沒說，可我看得出來，另外我還偷偷地看到她幾次想給你打電話，卻又沒有打，所以我先打電話給你道歉，一會兒我姐姐如果打電話給你，可不要害怕哦，你要把握住機會，喜歡我姐姐的人好多呢，你一定要把握機會，我希望你能當我姐夫。」

趙燁聽著鄒舟自言自語似的話變得無比頭大，這小丫頭怎麼病了以後性格一天變好幾次，這會兒竟然人小鬼大地開始牽紅線了，而且對象竟然是她的姐姐與救命恩人。

趙燁當然不會把鄒舟的話當真，趙燁跟鄒夢嫻一個是她的救命恩人，一個是她的姐姐，兩人對鄒舟都很好，鄒舟現在因爲顱內損傷變得小孩子氣，所以她希望這兩個對她好的人在一起也是很正常的。

趙燁笑著對鄒舟說道：「好了，你乖乖聽話，我答應你，等我工作忙完了，我就去帶你玩哦！」

「趙燁哥哥，說話算數哦，工作忙完了就要帶我出去玩！」

「嗯！好的。」

「不行，爲了保險起見，我們拉鉤……」

趙燁不答應她怕她不會甘休，再者趙燁也覺得鄒夢嫻是鄒夢嫻，鄒舟是鄒舟，雖然鄒夢嫻總是盛氣凌人的樣子，可鄒舟給趙燁的印象很好，而且兩人除了醫患關係外，還算得上是朋友。

掛了電話，趙燁準備回去繼續工作，他可不覺得鄒夢嫻會打電話道歉，那樣的女人還是少惹，至於鄒舟，等她病好了，估計也不會要去遊樂園了。

眼前最重要的還是工作，收起電話準備回去的時候，趙燁習慣性地向病房裏看了一眼，就是個習慣，卻讓他看到了不可思議的一幕。

他確定那不是眼花，雖然只看到那患者的腳輕輕動了一下，幅度雖然不大，卻足以讓趙燁興奮。

趙燁跑回病房，此刻趙燁甚至能夠感覺到自己心跳加速，他無比激動的走到病人床前，又做了一遍檢查。

就在趙燁進行檢查的時候，他甚至能感覺到患者正在甦醒，心跳漸漸加快到正常人的水準，手腳也在慢慢活動。

最後他終於睜開了眼睛，雖然他嘴巴一張一合的還不能說話，可這足以讓趙燁興奮，患者清醒了，這是黑暗過後黎明的第一線曙光。

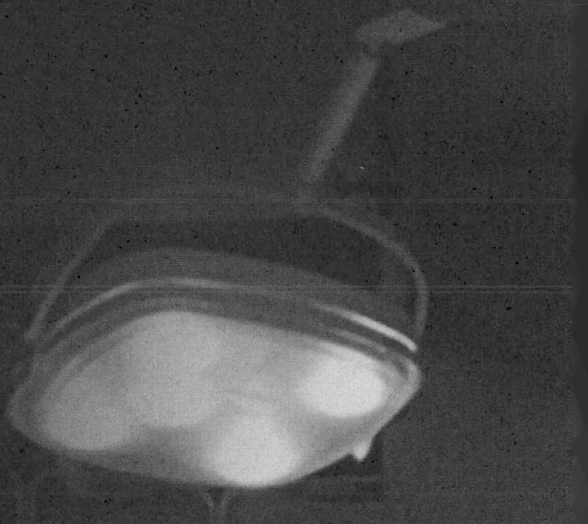

第二劑

臥底記者

習慣性地打開網頁看新聞，這已經成了這幾天趙燁的習慣，然而當他看到今天的頭條新聞時，呆呆地望著螢幕許久。

「獨家揭秘易盛藥業抗癌藥物，長天大學附屬醫院到底是不是黑醫院，本報獨家記者秦嵐為您揭曉！」

消失的實習醫生竟然是個記者，趙燁怎麼也想不到，那個笑容清純，活潑可愛的實習醫生竟然是個記者。

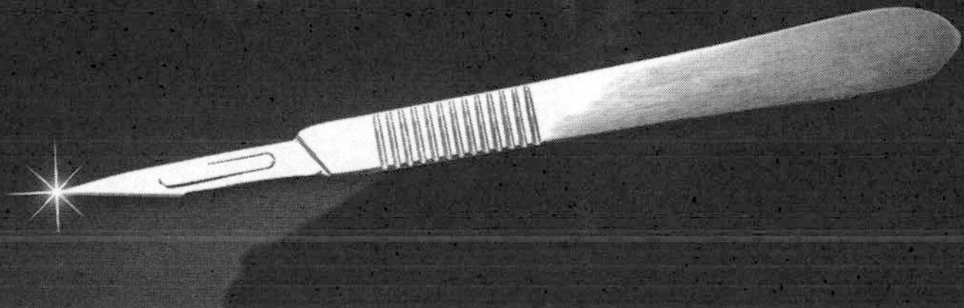

鄒夢嫻並不是那種不知感恩的人，趙燁跟李傑救了鄒舟的命，她一直沒來得及感謝，甚至連最流行的紅包都沒送一個，她當然不會自戀到以爲自己是明星萬人迷，什麼都可以不給。

如果送紅包給趙燁跟李傑這樣的醫生，他們都不會要，真正要紅包的多半都是小醫院的小醫生，他們一般沒什麼油水，紅包成了唯一的灰色收入。

而李傑這樣的頂尖醫生並不缺錢，即使他沒有明珠集團的大量股份，只要他願意隨便到某個城市的三甲醫院開辦個刀會講幾堂課，作台公開手術，少說也有十萬的收入。

每個禮拜開一次刀會，想要多少錢都有了。

錢對於李傑這樣的人沒有什麼意義，所以鄒夢嫻也沒準備給他們錢，只是簡單地付了手術費、醫藥費。

其實她一直想對兩人表示一下感謝，對於變態大叔李傑她自然不愁，投其所好，她有太多辦法來報答他。

可趙燁這個被妹妹非常重視的救命恩人，鄒夢嫻卻發愁了，她不知道應該如何對待趙燁，說起來她很感激趙燁，卻又討厭他的脾氣，因爲這男人總是一副不屑的樣子，似乎從來沒正眼看過自己。

鄒夢嫻想起趙燁就有些氣惱，這個年輕醫生總是給自己找麻煩，並且骨子裏那股不屑總讓她恨得牙癢癢。

鄒夢嫻不想欠趙燁人情，但又想不出怎麼報答。

畢竟人家救了自己的妹妹，給些小恩小惠自然不行，說不定還要被趙燁鄙視。

鄒夢嫻想想趙燁無視她的樣子就一陣搖頭，突然她想到了個好辦法，現在趙燁陷入媒體的圍困中，如果自己能出頭幫忙說話，似乎也是不錯的選擇。

畢竟趙燁救了她妹妹是真的，作為一流的明星，她的曝光率非常高，可她也不介意曝光更多。

幫了趙燁對自己也有好處，再想想趙燁感激涕零的樣子，鄒夢嫻的嘴角翹起了一絲不易察覺的微笑，然後撥通了趙燁的電話號碼。

媒體嗅覺靈敏，在瘋狂地轟炸了一段時間以後，有部分媒體開始轉向質疑這件事情。

趙燁從一些報紙上看到了這些變化，當然這僅是個苗頭而已，絕大多數還是以前那種論調，持續攻擊，以前趙燁或許還會對著報紙長吁短歎，可現在他不怕了，因為患者已經醒了，醒了就代表他可以進行下一步了。

劫後餘生的患者還來不及喜悅就被趙燁拉去做各種測試，當然最後還少不了各種藥物，該吃的吃，該注射的注射。

新型抗癌藥物還沒百分之百製作完成，目前來看還只開發了百分之六十左右，然而現在所展現出來的療效已經非常可觀。

癌症能否完全治癒，以目前的研究還不能證明，但能殺滅癌細胞，延長生命已經能夠確定了。

當抗癌藥物製作成針劑注射入患者的靜脈時，趙燁甚至感覺到自己激動得發抖，這不是他第一次將藥物注射到人體內，然而這卻是最重要的一次。

劫後餘生的患者話不多，似乎還在爲能夠生還而感到不可思議，原本他一隻腳已經邁向了另一個世界，卻硬是被拉了回來，想到一開始還固執不手術，患者此刻內心無比複雜。

易盛藥業的研究團隊也猶如被注入了興奮劑，每天圍著清醒的患者轉圈，做各種檢查，然後給予各種藥物，甚至用介入手術來將藥物精確地送入癌變部位，這樣做可以增強療效。

他們爲的是讓患者快點好起來，爲了讓他能夠早日康復，什麼方法都用上了，趙燁作爲主治醫生，每天都在看著患者。

制定治療計畫，觀察生命指標，當然最重要的是收集實驗資料，收集各種必需的資料以完成論文。

工作簡單而枯燥，卻讓人感覺很快樂，起碼有了努力的目標，這段時間被媒體壓抑得實在難受，人們都感覺自己成了過街的老鼠，整天躲在實驗室裏都不敢出去。

患者以肉眼可見的速度恢復著，每天換藥時都能看到傷口的癒合，讓眾人歡欣鼓舞。易盛藥業的研究員們每天都在爲患者的變化而高興，大家都將精力放在這患者身上，卻忽略了另一件事。

這個春天是長天大學附屬醫院的領導換屆的日子，而領導換屆的主角就是趙依依，新一任的院長非趙依依莫屬，或許是這個結論過於肯定，所以讓趙燁對此不再關心。

趙依依穩坐院長的寶座，而趙燁將來又不在這個醫院上班，他又有什麼好操心的呢，眼前這個患者才是最重要的，這兩天加班加點地工作，趙燁終於完成了論文，幾次核對之後，趙燁確定論文毫無問題後，便將信件發了出去。

論文大約會在一個月以後有消息，到時候正是趙依依當上院長的日子，也算是給這新上任的姐姐一份大禮。剛剛上任，自己所在的醫院就有論文在權威雜誌上發表，這是政績！哪個院長不重視政績呢？

危機在漸漸消散，似乎所有事情都在向著有利的方向發展，在趙燁郵寄完稿子以後，他又得到了鄒夢嫻的承諾。

事實上鄒夢嫻很早就想幫趙燁了，只是她一直沒找到機會，一直到這一天，她終於以給妹妹複診的名義來到長天大學附屬醫院。

鄒夢嫻永遠都是那副高傲的樣子，帶著擋住半面臉的蛤蟆鏡，見到趙燁一副愛理不理的樣子。鄒舟反而很是熱情，跑到趙燁身邊拉著他的手道：「趙燁哥哥，我病好了，你看我的手已經沒有問題了，行動自如了。」

「讓我檢查一下！」

趙燁微笑著對鄒舟做各種體檢，手臂好了不代表其他地方也在好轉，好不好不是患者說了算，更不是醫生，而是檢查結果說了算。趙燁對鄒舟很熱情，卻把鄒夢嫻當做空氣。

鄒夢嫻無趣地站了一會兒，終於開口說道：「鄒舟的恢復很好，很感謝你的幫助。這幾天有幾個記者朋友非常關心我妹妹的病情，我想做一個訪談，你能參加麼？我想對你是個很好的機會，現在不是酒香不怕巷子深的年代了，名醫也需要宣傳！你可以借著這個機會證明你的醫術，另外我還是希望你能做鄒舟的私人醫生。」

鄒夢嫻能說出這些話已經非常不容易了，從來都是別人對她發出請求，她從來沒有主動的時候，雖然她還是那種盛氣凌人的樣子，可是她覺得自己已經做出了最大的讓步，趙燁這樣的小醫生沒有道理拒絕。

然而趙燁卻好像沒聽到一般，邊給鄒舟做檢查邊說：「鄒舟恢復得很好，只要繼續按照康復計畫來就可以了。另外我們的抗癌藥物已經應用人體試驗了，目前的效果很好，鄒舟現在也可以用藥了，雖然有一些風險，但機會總是伴隨著風險，現在不好說她復發的機率有多大，但是越早用藥，效果肯定是越好的！」

「你確定她如果用了藥不會復發？你確定她用藥不會有危險？」鄒夢嫻追問道。

趙燁繼續著他的檢查說道：「這個世界上沒有絕對的事情，誰也沒有百分百的把握。就好像手術，我有百分之八十的把握也要去做。」

「如果我將鄒舟交給你，你有多大的把握呢？我希望你能夠用心地治療鄒舟，我可以給你任何你想要的報酬。」

趙燁不喜歡鄒夢嫻的原因，除了她盛氣凌人的樣子，還有就是她對別人的不信任，特別是眼前這樣，趙燁治療鄒舟沒要任何報酬，他也不想要任何報酬。

趙燁對每一個患者，無論貧富貴賤，從來都是一視同仁。

鄒夢嫻絲毫沒發現趙燁臉上不悅的表情，以為趙燁還想要更多，於是繼續道：「你現在身處窘境，我可以讓我的記者朋友幫你，希望你能夠好好地治療鄒舟。如果你成功了，我還會給你其他獎勵，你要什麼都可以。」

趙燁做完了鄒舟的檢查，他沒有理會鄒夢嫻，而是對鄒舟說：「你的病很快會好，到時候我會帶你去玩的！」

「真的啊！」鄒舟眨著她漂亮的大眼睛說道，「那姐姐也去，我們三個一起去！」

鄒夢嫻對這個妹妹十分寵愛，她向鄒舟點了點頭表示同意，然後對趙燁說道：「不管怎麼樣，我要你治好鄒舟，如果你嫌報酬不夠，我可以給你任何想要的。」

「鄒舟我會治好，你的報酬就算了吧，我不稀罕。我給鄒舟治病是因爲我是她的朋友，而不是因爲你的報酬！」

醫生治病救人當然要一視同仁，無論你是誰，在醫生眼中都是一樣的患者，用心治療就是了，可偏偏有的人不這麼覺得。

多半的人以爲自己高人一等，總是想方設法想要醫生多花時間給他看病，用金錢利誘，或者用權力傾軋。碰到那種普通的小醫生還好，或者會被金錢所利誘，在權利面前屈服，可趙燁並不是這樣的人。

患者就是患者，趙燁當然不是聖人，金錢他也喜歡，權利他也渴望過。然而趙燁也不是禽獸，爲了錢與權什麼都肯出賣。

小的時候，趙燁的父親就告訴他，做人要有良知，所以趙燁對待每一個患者都是本著良心去面對的，他自問自己對得起每一個患者。

父親也告訴過他，做人要有骨氣，面對著那些以爲自己高人一等的傢伙，趙燁絕不屈服，我行我素，該怎麼做就怎麼做。

現在趙燁長大了，自從他跟了李傑學習醫術以後，趙燁又知道了，作爲醫生不能太任性，有的時候需要去用實際行動來說話，對於一些不瞭解自己的人要以德服人。

當醫生會遇到許多患者，他們不信任醫生，對於醫生存在著某種戒心，總覺得醫生是在害他，爲了賺他的錢而害他。

對於這樣的人，趙燁相當的無語，這種人是把自己看得太重要了。

先不說你有多少錢，值不值得醫生害，醫生憑什麼變成了搶劫犯，需要害人來賺錢？

醫生比起那些白領當然算不上有錢，可也算得上中產階級，沒必要爲了那麼點小錢而坑人吧。

不可否認，醫院裏醫生拿回扣的問題，但那回扣少之又少，沒有人會爲了三兩塊錢的回扣而黑病人幾十上百塊錢。

每個行業都有不良分子，可不知道爲什麼幾個不良醫生就可以毀了整個醫療界，而其他行業即使再多的不良分子也安然無恙。

年輕氣盛的趙燁遇到這樣的病人，最想的就是放下工作，對這那患者大吼，愛去哪看病去哪，本大爺不伺候你了。

然而他是醫生，醫生不可能扔下病人，哪怕病人再過分，也要進行治療。所以遇到鄒夢嫻，趙燁要治療；即使是無端攻擊趙燁那些媒體記者受傷了，趙燁還是要替他們治療。

做爲醫生應該有職業素養，不將任何感情帶入工作中。

趙燁覺得鬱悶的來源有種種原因，以及長時間地壓抑。然而引發這點的卻是鄒夢嫻，她總是把醫生看成貪婪、勢利眼的象徵。

趙燁懶得跟她爭什麼，他雖然不是那種在乎別人看法的人，可被人這麼鄙視，總是有些氣悶。

給鄒舟做完檢查後，趙燁給鄒舟帶了不少藥物，都是抗癌藥物，鄒夢嫻在臨走時，還不忘告訴趙燁會給他應有的報酬，她似乎總是不能安心，彷彿不給趙燁點什麼，趙燁就不能百分百用心治療鄒舟一般。

最近幾天，趙燁除了忙著治療那位清醒過來的病人以外，還有就是給鄒舟配藥，每天鄒夢嫻都會派人來取藥，趙燁見不到鄒舟姐妹，也可以避免一些尷尬。

論文寫完了之後，趙燁變得清閒了不少，每天他都會看看報紙，關心一下那群媒體又有什麼東西爆料，有時候趙燁還會到各大網站的論壇上去看看。

當然趙燁不會無聊到去給自己發帖辯護，他只是靜靜的看帖子，當笑話一樣的看。

網友們很有意思，因爲媒體的影響，以及那些敵對醫藥公司的槍手，網路上多半網友都是站在批判易盛藥業及長天大學附屬醫學院的角度上的。

有人聲稱是本地人，知道許多內幕，最有趣的是他那些內幕，說什麼醫院黑幕重重，去醫院看痔瘡，結果醫生說口腔有問題。去醫院看感冒，然後醫院說他的老婆必須今天剖子宮生孩子。

簡直滑天下之大稽，醫院裏醫生再沒水準也不會出現這種搞笑的情況。

患者有什麼問題，醫生當然看什麼部位，如果沒有病，他硬是說有病，那根本不可能，西方醫學講究的是檢查結果，沒有病如果說有，患者完全可以去控告醫生，法庭上也是講證據的。

這種看痔瘡變成口腔問題的人，不是他身體有問題，而是腦袋有問題。

看到這樣的回帖，趙燁忍不住也惡作劇地跟了個帖子，內容大致如下。

「長天大學附屬醫院非常黑暗。我朋友去醫院做了心臟移植手術，結果病好了以後，他變得喜歡睡覺，喜歡拱地，甚至對母豬產生了幻想。我懷疑他們醫院幫我朋友做手術時，將豬的心臟換到了我朋友身上……」

趙燁剛剛發完帖子，他就發現有人跟帖，是樓主在跟帖，就是那個聲稱自己知道很多內幕的人。

他竟然回帖說道，「我也聽說了長天大學附屬醫院換豬心臟的問題，這也是他們不顧人死活做的醫學研究，大家都知道，心是控制人思想的，心換了，思想自然會有些變化，例如會有一些豬的習慣……這研究的投資方依舊是易盛藥業，這個易盛藥業權勢熏天，連政府都沒有辦法。在這裏呼籲大家不要去長天大學附屬醫院，呼籲大家打擊這家黑醫院，黑公司，不要買他們的產品……」

趙燁突然笑了起來，看到這槍手毫無根據，近乎愚蠢的攻擊，讓趙燁忍不住笑。這樣的人只能欺騙一些無知的人。

真正明白事理的人自然不會相信，在網路上有見識的人還不少，但比起無知的人卻明顯少很多。

所以儘管他們的攻擊破綻明顯，可還是有不少人相信這個世界黑暗的事實。或許是這個社會的確太黑暗吧，讓他們不敢相信這個世界還有光明。

這天早上，趙燁早早來到醫院，或許是這幾天研究進展得比較快，易盛藥業的研究員們也清閒起來，距離上班時間還有半個小時，大家輕鬆地聊起了天。

當然這群每天在研究室內待幾個小時的傢伙們不會胡天海地亂吹，他們的話題永遠離不了易盛藥業，離不了抗癌藥物。

趙燁或許是這裏最能閒聊的人了，最近他又上網看了許多有趣的東西，於是都在這裏講出來給大家聽。

在這群高端知識份子中，那些言論變得尤爲可笑，趙燁每一個有趣的見聞都能引來一陣爆笑。

笑聲讓他們釋放了許久以來的壓力，直到此刻大家才放鬆下來。

在趙燁講述一個又一個有趣的見聞中，不知道是誰突然說了一句：「好久沒這麼開心了，自從秦嵐走了以後，我們還是第一次這樣高興。」

提起秦嵐，大家都不由神色一黯，這個實習醫生回家已經很多天了，可是一點消息都沒有，對此大家都很擔心。

如果他們不提，趙燁甚至忘記了那個活潑的實習醫生，或許是因爲大家都想起了突然消失的秦嵐，又或者工作時間到了，所有人都埋頭工作了，再也沒有興致聊天了。

趙燁搖了搖頭，跑到自己的座位上。早在走進辦公室之前他就檢查過了病人，所以現在他很無聊地打開筆記電腦。

習慣性地打開網頁看新聞，這已經成了這幾天趙燁的習慣，然而當他看到今天的頭條新聞時，呆呆地望著螢幕許久。

「獨家揭秘易盛藥業抗癌藥物，長天大學附屬醫院到底是不是黑醫院，本報獨家記者秦嵐爲您揭曉！」

消失的實習醫生竟然是個記者，趙燁怎麼也想不到，那個笑容清純，活潑可愛的實習醫生竟然是個記者。

她不僅是個記者，還是個非常有名氣的記者。

這能怪誰？只能怪自己孤陋寡聞，連知名記者秦嵐都不認識，怪自己分不清真假證件，分不清她那笑容的純真與否。

趙燁輕輕點開那新聞的標題，內容寫的的確是長天大學附屬醫院，她甚至承認了假扮實習醫生進入醫院的全過程。

趙燁沒心思仔細流覽全部，滑動滾輪，秦嵐在最後留下了一句話：僅以此文獻給長天大學附屬醫院的所有研究人員，以此作爲實習醫生秦嵐的禮物，送給趙燁醫生……

突然趙燁想起手術那天，結束以後，秦嵐說過要給他一份特殊的禮物，趙燁當時還開玩笑地索取了一個吻。

他萬萬沒想到禮物竟然會是這個，偷取了手術的錄影帶，在醫院裏暗中調查了這麼久。面對這個禮物趙燁百感交集，看著那群埋頭工作的同事們，趙燁輕輕關閉了瀏覽器。

秦嵐在離開長天大學附屬醫院的時候就知道，她再也回不去了，再也不能做快樂的實習醫生了，那群易盛藥業的研究員們都是眼睛裏揉不得半點沙子的人。

或許秦嵐的報導是幫了他們，可這群人容不得這種欺騙，秦嵐的擔憂曾經被同事們嘲笑。

怎麼說都是幫了忙，沒有人覺得秦嵐會被易盛藥業的人討厭，可秦嵐知道，易盛藥業那群研究員都是好人，有些偏執的好人，他們喜歡以誠相待，相互之間容不得半點欺騙。說起來沒有人相信，但這群人的確是這樣。

趙燁與他們共事的這段時間也發現了這群研究人員性格的獨特，這群每天工作十幾個小時的傢伙們彷彿是另外一個世界來的人。

他們善良、單純，喜歡搞研究。

在今天這樣的社會裏很難找出這樣單純的人，而這裏竟然有這麼多。

他們因爲單純，所以能夠忍耐研究的寂寞，可以在實驗室裏連續工作十幾個小時。正是因爲他們的單純，相互之間沒有隔閡，才能夠親密無間地合作，快速完成整個實驗研究。正是他們的性格，讓這群人在實驗室裏得到最大程度地發揮，可他們的性格也讓他們不能原諒秦嵐。

趙燁快速地將網頁關掉，爲的就是不讓這群人知道秦嵐是記者，然而紙終究是包不住火的。

除了網路，報紙電視上也有秦嵐的報導，即使這群實驗室內的宅男軍團們從來不喜歡出屋，可這些天他們已經養成了觀看報導的習慣。

當報紙散發到每個人手裏時，他們沒有人相信秦嵐是個記者。

那個笨手笨腳的實習醫生，那個帶著天真笑容的實習醫生，那個爲了這群研究員跑前跑後幫忙，而又不斷犯錯的實習醫生。

秦嵐在他們心中永遠是個可愛的愛笑的實習醫生，可正是那個他們信任的實習醫生背叛了他們。

多數人對此都不能相信，不能接受，在他們聽到這個消息的時候都沉默了，過了許久大家才開始發洩心中的不滿。

「沒想到，她竟然是個混蛋記者……」

「混入這裏只是爲了報導，一切都是假的……」

「是啊，我說怎麼會有這麼差勁的實習醫生，什麼都不會！多虧了她不是商業間諜，否則我們的東西都丟了……」

「簡直不可原諒，我們對她那麼好，現在我還在天天晨跑……」

在大家發洩心中不滿的時候，突然有人說：「她那個報導不是幫了我們嗎？我想沒有必要這樣恨她吧！」

「沒她的報導我們也一樣。只不過是時間長短的問題，我們實驗已經成功了，誰稀罕她的報導啊！」

用謊言取得信任，是最讓這些人難以忍受的。趙燁明白這個道理，秦嵐如果明說自己是記者，恐怕沒有人會拒絕她的採訪，可是她卻採取了這種方式。沒有人會容忍欺騙，或許她的確幫了易盛藥業，但那是她的工作，她是為了自己而做的，這幾天她消失之後大家都很擔心，可擔心換來了什麼？

趙燁歎了口氣，他早就應該猜到秦嵐不是普通的實習醫生，上次李傑也跟他說過那個知名的大記者要來，可趙燁卻愣是被她騙得團團轉。

現在想來趙燁對秦嵐既不痛恨，也不感激，這是她的職業，作為記者她應該這麼做。最起碼她的職業素養讓人欽佩，為了一個報導竟然當了這麼多天的實習醫生。

唯一的遺憾，就是這群研究員不能接受秦嵐是記者的事實。

而秦嵐也太絕情了，就這麼走了，難道她不知道這群研究員是多麼喜歡她這個活潑開朗的實習醫生嗎？

趙燁望著他們只能歎氣，他很關心秦嵐的報導，事實上秦嵐做為知名記者，她的報導的確猶如重磅炸彈。

易盛藥業幾乎已經成為整個醫療行業的公敵，媒體攻擊多半是競爭對手指使，很少有記者來報導真相。

秦嵐的報導算是打響了第一槍。

許多主流媒體本來也對長天大學附屬醫院的事件表示懷疑，因爲聰明的人都知道，如果醫院真的這麼黑暗，那麼當地政府迫於壓力也不會不管。

這些媒體雖然知道這些，可沒有人出頭，現在大記者秦嵐第一個出頭，一時間壓抑了許久的媒體終於爆發了。

當然那些敵對的藥商們並不甘心放棄，他們拚了命地動用人脈關係，企圖繼續打壓易盛藥業。

然而這是利益爲先的世界，在證據面前一切污蔑都是站不住腳的，爲了銷量、爲了收視率，媒體不可能逆勢而行。

於是早先那些反對的聲音少了，這時明珠集團也開始動用自己的傳媒力量，現在只剩下三成左右的媒體還在堅持攻擊易盛藥業。

勝利似乎就在眼前，然而還需要最後一擊。

秦嵐是一家大型傳媒公司的記者，該公司的報紙發行量非常大。

作爲最先做出正面報導的公司，秦嵐所在的這家公司準備乘勝追擊，而他們的法寶就是秦嵐帶回來的錄影。

這錄影就是當時趙燁手術時秦嵐拍攝下來的，手術全程都在裏面。秦嵐猶豫了很久，還是將錄影交給了公司。

爲了銷量，公司立刻邀請了省協和醫院幾位頂尖的專家來進行手術分析，以及藥物治療分析。

當然記者依舊是秦嵐，她負責將這些專家們的分析記錄在案，然後寫成稿子發佈出去，作爲明天報紙的頭版頭條。

在座的專家都是國內頂尖的，算得上是權威，包括腫瘤專家，肝膽外科專家、心胸外科專家……

這群專家們平時很難請得動，今天能齊聚一堂也算少見，能請得動他們也可以看出對這錄影的重視程度。

頂尖人物總有那麼一股子傲氣，在錄影放映室內，他們坐在各自的座位上打哈欠的、玩手指的、抽煙的幹什麼的都有，在他們看來，自己不過是來走個形式，這種場合太多了。

秦嵐不由得皺了皺眉頭，輕聲地咳嗽了一聲，然後說道：「這位術者是給一位癌症晚期病人做腫瘤切除術，根據消息，患者術後恢復良好。主刀醫生叫趙燁，是李傑的徒弟。」

李傑的徒弟？

這些人並不買賬，就算是李傑的手術他們也很不屑，當然這不代表他們本身多強，只是他們多半沒見識過李傑的實力。

至於術後患者什麼樣，他們並不關心，對他們來說，看錄影不過是形式，拿了人家的錢自然要來做點什麼。

秦嵐看著這群人無動於衷的樣子，也沒有辦法，只能開始播放錄影，心裏祈禱著這群人能多說出一點新聞材料。

手術開始很是平淡，趙燁的這台手術並沒有什麼特別，只是手法嫻熟、快速、精準，在手術衣、帽子與口罩下，沒有人知道這是個二十出頭的年輕人。

大家開始還是一副懶洋洋的樣子，然而沒過多久，這群人再也不敢小窺趙燁這個主刀醫生，甚至有人低聲細語道：「這手術的不會是李傑吧？難道那個醫聖真的這麼強？這麼大的手術竟然一個人做，而且還這麼快……」

「李傑也沒這麼厲害吧，這傢伙是誰？啊？一個剛剛畢業的醫生？」一位主任醫師疑問著翻開資料驚叫道。

在場的專家醫生們不敢再輕視眼前錄影中的主刀，他們多半沒看過李傑的手術，在他們眼中，趙燁甚至比李傑還強。

特別是最後的心臟自體移植，這群專家幾乎不敢相信這是真的，甚至有一個人對秦嵐說道：「你確定這手術錄影沒經過處理？都是真的？」

「沒錯，是我當時假扮實習醫生進去拍攝的，我可以保證這是真的，如果有問題，我可以負全部責任！」

秦嵐說得很堅決，大記者秦嵐的保證還是值得信服的。

「真是太厲害了，這樣的手術還是第一次看到！天縱奇才，天縱奇才啊！」

「這種醫生竟然埋沒在那種小醫院，真是太可惜了！挖他過來……」

秦嵐終於露出了會心的微笑，她知道明天報紙的頭版頭條要寫什麼了。

這次的勝利者不是趙燁，也不是長天大學附屬醫學院，更不是那些搗亂的醫藥企業，真正的勝利者是易盛藥業，以及那些媒體。

媒體創造了史無前例的銷量，雖然他們臨時改口，甚至自己打自己的耳光，可誰在乎呢？只要有銷量，沒有人在乎！

而易盛藥業在媒體大戰中則得到了很好的宣傳，現在人人都知道，易盛藥業的抗癌藥物是真正的好藥，而明珠集團也是個實事求是的好公司。

甚至許多年以後人們都忘記了這件事，可大家心裏依然有這麼個印象，易盛藥業是個實事求是的好公司。

從開始時的憤恨到後來對易盛藥業的同情，普通民眾的心裏完全被明珠集團的高層們掌握在手中，除了同情心，被掌握的還有這些人的錢袋，明珠集團這次可是賺得盆滿缽滿。

第三劑

夜店的求救簡訊

趙燁想趙依依今天可能會跟往常一樣在午夜才回來，這時他的手機提示接到了簡訊。

趙燁拿起手機，發現是個陌生人的號碼，這讓他很失望，夜裏收到陌生人的簡訊，多半是宣傳賭博、辦證一類的，趙燁本是從來不看的，也許是等得太無聊，也可能是他還抱有一絲希望，就隨手翻了一下。

簡訊內容很簡單：「速來救我，趙依依！」簡訊的最後是一個並不熟悉的位址，趙燁猛地站起來，抓起外套向門外衝去。

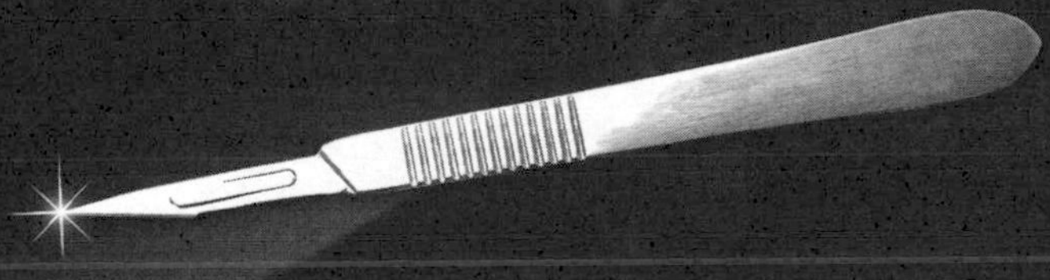

抗癌藥物的事情終於告一段落，趙燁突然感覺到一陣輕鬆，彷彿沒有了什麼目標。藥物研究再也不會有任何阻撓，經過這次風波，連政府都開始支持易盛藥業。

現在趙燁終於閑下來了，實習完成了，雖然還有幾個月才能領到畢業證，然而現在這個時候跟趙燁同屆的學生們多半已經在找工作了，還有一些考研究所的學生，此刻正在等待成績準備複試。

唯獨趙燁是閒人，不找工作，不考研究所。他每天的事情就是早起唱歌擾民，然後去醫院弄一杯茶水，悠閒地看報紙，看一看那些媒體之間打嘴仗，另外看看他們是怎麼評價自己的。

這天早上的報紙很有意思，趙燁驚訝地看到自己竟然上了頭版頭條。

記者的名字當然是那個冒牌實習醫生秦嵐，最近趙燁總能看到秦嵐的名字，或者說他在不自覺地尋找秦嵐的文章。

這條新聞中對趙燁的評價很好，文章寫的是看了趙燁的手術錄影後，苛刻的專家們對趙燁給出了史無前例的好評。

別人怎樣看自己趙燁從來不是很在意，可這樣在媒體上誇獎他，還是讓趙燁暗爽了一把。其實趙燁早就知道秦嵐會將錄影的內容公佈出去，所以對於秦嵐，趙燁連一點氣都生不出來。

以後或許再也見不到秦嵐了，生氣有什麼用呢？就算再次見到她，她也不是那個活潑可愛的實習醫生了。

翻開報紙的其他版面，趙燁突然發現了一個熟悉而美麗的面孔，確切地說是兩個面孔：鄒夢嫻以及鄒舟。

這兩個女人竟然上了報紙，而且也是頭條新聞，當然是八卦娛樂版的頭條。

趙燁看了一下內容，這一看不要緊，這裏的內容竟然也是關於他的，鄒夢嫻曾經說過，她要幫助趙燁，她說過她跟媒體關係很好，認識許多媒體，可以幫忙澄清事情的真僞。

趙燁並不稀罕鄒夢嫻的幫助，可他做夢也沒想到鄒夢嫻竟然真的找媒體說明趙燁是她的私人醫生，甚至還牽扯出了鄒舟。

鄒夢嫻爲了保護妹妹，從來未將她曝光過，可此刻她竟然拉著妹妹走向了前台，難道她不知道鄒舟不應該拋頭露面嗎？

如果她是想幫助趙燁，或許趙燁會感激她，可趙燁卻不覺得這是幫忙，前天秦嵐剛剛發佈了第一篇報導，已經證明了易盛藥業的清白。

可今天鄒夢嫻就自己跳了出來，爲什麼這麼巧合？

事出巧合必有妖，在趙燁看來，鄒夢嫻根本就是同明珠集團老總們一樣，是想藉著這件事情炒作。

現在所有人都盯著易盛藥業的事情，在這件事情上站出來無疑是最好的機會，特別是趙燁還給鄒舟做了手術，又是名義上鄒舟的家庭醫生。

鄒夢嫻這次跑出來，美其名曰是頂著巨大的壓力，然後粉絲們會瘋狂地認爲鄒夢嫻是個善良的、說實話的人，可實際上呢？她只是在炒作自己，事實已經澄清了，已經不需要她站出來了。

如果她早一步站出來，或許趙燁會很佩服她。

趙燁覺得十分憤怒，對於鄒夢嫻的惡劣印象再一次加深，藝人就是藝人，說白了跟商人差不多，都是無情無義眼中只有利益的傢伙。

趙燁搖了搖頭，將報紙丟到垃圾桶裏，趙燁決定遠離這些骯髒的東西。

他打算去學校辦理手續離校，至於畢業證書等時候來取就成了。

是時候去找工作了，找到安身之地，然後趙燁就可以安心工作，等菁菁回來……接父母一起……

長天大學附屬醫院與長天大學醫學院二者其實就是一家人，許多醫學院老師本身就是醫院的醫生，更有許多醫生手下帶著學校的研究生。

現在學校還沒有正式開學，可校園內卻有不少早早趕來的同學們，這些早來的同學多半是情侶受不了思念之苦，其他的則是爲了來學習，只有少數是在家無聊跑到學校來玩的。

趙燁很羨慕這些學弟學妹，還能自由自在地生活，眼前的趙燁已經踏上了社會，算是半個社會人，短短的幾個月他見到了太多的醜惡。

特別是最近的媒體風暴，簡直是讓他有些絕望，單純的醫藥研究爲什麼要有這麼多事呢？還有秦嵐、鄒夢嫺都是讓趙燁覺得失望的原因。

學校的員工已經開始上班了，趙燁進了辦公大樓直接找到了教科辦。趙燁在醫院裏也算是人人都認識，這裏的老師趙燁更是熟悉，他進門之後，直接跟管理學籍的羅主任說明了來意。

「畢業證書不能提前拿，那是學校統一辦理的，你現在離開倒沒有關係！」

羅主任並沒有爲難趙燁，他只是看趙燁時眼神有些怪異，然後又悄悄地問道：「你不打算留下來幫趙依依主任嗎？她可是很需要你幫助的啊！」

「她做院長跟我也沒有關係，我又不能在這裏待一輩子。」趙燁笑道。

羅主任疑惑地看著趙燁道：「院長？還不一定吧，你難道不知道嗎？這院長可不一定是趙依依來做！你如果走了，她可能就坐不上這院長了！」

羅主任說得很認真，趙燁問道：「什麼意思？難道又出了什麼問題？」

「當然有問題，你難道不知道有個很厲害的海歸醫生允諾加入我們醫院，說要投資一億元，他的條件就是入主長天大學附屬醫院做院長！錢不是最大的問題，最大的問題是他很有背景，他的家族在本地都很有實力，當然他也不一定能成功，領導們還是傾向於趙依依的，這就要看看趙依依怎麼表現了……」

羅主任說著一臉的淫笑，他那表情誰都看得懂。

趙燁聽後轉頭就走，只留下發愣的羅主任在趙燁身後叫喊：「哎，你還要不要離開啊？這手續你都不要了？」

最近趙燁都住在趙依依家中，他從來沒想到趙依依正面臨困境，而趙依依也沒對他說。她只說過最近有幾位推不開的領導纏著她，趙燁也只陪了她幾天上下班，算是保鏢。最近幾天，趙依依每次都是單獨走，每天都是深夜回家。

趙燁越想越難受，趙依依做院長是眾望所歸，無論工作態度還是醫術，她在長天大學附屬醫院都是頂尖的，唯一有能力競爭的就是李中華，怎麼也輪不到一個外來者爭這個院長的位置。

趙燁急匆匆跑到醫院，卻被急救科的醫生們告知趙依依主任提前下班回家了，趙燁沒辦法，只能撥打電話，可電話裏卻傳出無人接聽。

最後趙燁只能趕回家中，希望趙依依能在家裏，可回家之後依舊是空無一人。

看著空蕩蕩的房間，趙燁有些擔心，最近忙於那抗癌藥物的諸多問題，忽略了趙依依這個姐姐，他從來沒想到已經鎖定的院長位置也有可能丟掉。

趙燁沒有別的辦法，只能等待，不時撥打一下電話，可每次都提示無人接聽。

從豔陽高照到一片晚霞，最後一輪明月升上天空，趙燁就坐在屋子裏等著，猶如一尊雕像。

不知不覺到了夜裏，滴答滴答的鐘聲提示著時間的流逝，當鐘聲提示到了十一點時，趙依依依然沒有回來。

趙燁想，趙依依今天可能會跟往常一樣在午夜才回來，這時他的手機提示接到了簡訊。

趙燁拿起手機，發現是個陌生人的號碼，這讓他很失望，夜裏收到陌生人的簡訊，多半是宣傳賭博、辦證一類的，趙燁本是從來不看的，也許是等得太無聊，也可能是他還抱有一絲希望就隨手翻了一下。

簡訊內容很簡單：「速來救我，趙依依！」

簡訊的最後是一個並不熟悉的位址，趙燁猛地站起來，抓起外套向門外衝去。

忙碌的白晝，空虛的夜晚，這是對都市白領們最好的寫照。漫漫長夜裏，他們不知道應該去做些什麼，於是去酒吧成爲了最好的選擇，因爲這裏可以肆意的發洩白天壓抑許久的情緒、欲望。

趙燁並不喜歡這種地方，特別是這種裝潢華麗，門口停著名車的所謂的高檔酒吧，被酒色掏空了身體的保安，兇悍的臉上分明寫著：窮人與狗不得入內。

趙燁沒心思觀察煙霧繚繞中妖豔的女郎，或者被酒精迷惑的年輕女孩，更沒有心思享受這紙醉金迷的世界，他來這裏是找趙依依的，根據那條求救簡訊。

在路上他本來想打電話問清楚情況，但仔細一想，既然求救都是用簡訊，更是用陌生的號碼，那麼打電話過去顯然不妥。

於是趙燁直接攔了計程車跑了過來，多虧這酒吧距離不是很遠，可憐的趙燁不喜歡帶錢，兜裏的錢剛剛好夠付給司機。

酒吧內裝潢得富麗堂皇，穿著樸素的趙燁顯得與這裏格格不入，舞池的燈光讓趙燁頭暈，清純女孩們的曖昧目光更是讓人迷惑。

趙燁直奔吧台，找個位置坐下，然後點了杯酒。

本來衝動的趙燁是打算衝進來猶如英雄一般救人走掉，可走進門他才發現事情沒有這麼簡單，這間酒吧大得很，形形色色的男女猶如群魔亂舞，光怪陸離，他連趙依依在什麼地方都不知道，怎麼救？

越是著急越是要冷靜，瘋狂只會壞事。

喝了兩口啤酒，趙燁不經意地看到不遠處一個女孩，很柔弱，皮膚白皙，也算漂亮。或許是職業病的原因，趙燁覺得她臉上有些過分蒼白，昏暗的燈光下看得不是很清楚，可他有百分之七十的把握確定這女孩有心臟病，天生供血不足。

注意這女孩的並不是只有趙燁，就在趙燁轉過頭去不再看那女孩的時候，另一位三十歲左右打著耳釘的青年坐到女孩身邊。

男人打扮得很前衛，耳朵上打著鑽石耳釘，一身名牌貌似很有錢的樣子，他點了杯酒，坐在那女孩身邊。

「小姐，我能請你喝一杯嗎？」

男人的聲音很有磁性，人也彬彬有禮。

見到女孩點頭，男人繼續說道：「我是新新工作室的，我覺得你很有明星潛質，不知道你有沒有興趣在這方面發展啊。不要懷疑我的眼光，只要一眼，我就能看出你到底有沒有明星的潛質。」

「你說我？」

女孩有些受寵若驚。每個女孩都喜歡受人關注，都有明星夢，她也不例外。

「當然是說你，相信我的眼光，我可是成功挖掘出不少潛力新星哦！」

男人露出迷人的微笑，他深知明星夢對女孩的吸引力。

單純的人並不會去想，爲什麼天上掉下巴掌大塊的餡餅會落在自己頭上，她們也不會去考慮自己是不是真有這個實力。

女孩蒼白的臉因爲激動泛起陣陣紅暈，昏暗的燈光下，她顯得更加嬌豔動人。鑽石耳釘男知道這女孩動心了，嘴角翹起不易察覺的笑容。

這件事本來跟趙燁沒有關係，可偏偏他耳朵過於靈敏，即使在嘈雜的音樂聲中也聽到了他們倆的對話。

眼前明顯在上演一場騙局，一個看起來很行的星探跑酒吧找明星。太老套了點，就連從不來酒吧的趙燁都知道，這不過是為了一夜情的欺騙。

鑽石耳釘男後來會怎麼說，趙燁都能猜到，他肯定會說娛樂圈潛規則，想要上鏡必須要跟圈裏人拉近關係，拉近關係最好的辦法就是上床。

趙燁不是愛管閒事的人，那女孩既然孤身來這種地方自然要準備好面對一切。

可趙燁卻實在做不到眼看著那女孩受騙上當，靈機一動想到了個辦法，既能幫別人，也能幫自己。

於是他將酒杯中剩下的一點喝乾，然後慢慢走到女孩跟耳釘男身邊。

「哎喲，這不是新新工作室的胡謅總監嗎！」

趙燁親切地上前握手。

耳釘男一愣，他不姓胡啊，不過很快他就反應過來，胡謅？看來對方知道自己的底細。因此他默認了自己姓胡的事實，開始跟趙燁如老朋友一樣聊了起來。

「胡總，沒想到能在這裏碰到你，最近忙得很吧？聽說你們公司最近不錯，新人輩出，這娛樂圈裏現在數你們最火了。」

趙燁的馬屁拍得到位，耳釘男很是高興，他原本還害怕趙燁是砸場子的，這時卻發現趙燁竟然幫他，省下他不少口舌，女孩顯然已經上鉤了，對自己的身分再也沒有懷疑。

「你怎麼會在這裏？小趙！」

耳釘男也給趙燁隨便安排了個姓氏，卻沒想到竟然蒙對了。

「哎，我有個朋友在這裏，不知道在哪個包間，胡總，這裏是你的場子啊，幫我找找如何？」

趙燁說完，發現耳釘男似乎想要推脫，於是他趕緊補充一句：「這新人真不錯啊，很有潛力，胡總有眼光啊！如果不是你先看好她，我都要簽她了。」

趙燁的意圖很明顯，你不給我找人，我就把真相告訴這女人。一根胡蘿蔔，一根大棒槌，任你挑。

趙燁推測得一點沒錯，耳釘男就是這裏的地頭蛇，酒吧裏每一個新來的女顧客他都瞭若指掌，當然這是爲了勾引她們上床所必備的。

耳釘男對不知底細的趙燁不敢輕舉妄動，這傢伙似乎對自己的手段很熟悉。趕走他只是一時之快，萬一他有什麼勢力，恐怕自己得吃不了兜著走。於是耳釘男決定跟趙燁合作，幫他找人，也是因爲在這兒找個人於他實在是再簡單不過了。

「找什麼人，說吧！」

趙燁面無表情地描述了趙依依的特徵，自始至終沒流露出一絲感情，可實際上他內心狂跳，腎上腺素發飆了似的分泌。

耳釘男一聲不吭地走了，他越發覺得跟趙燁合作是明智的選擇，這樣的男人他看不透，社會上混得久了，自然要小心一些，拚出一番事業不容易，但敗掉這份事業卻簡單得很。

趙燁依舊穩穩地坐在那裏，他仔細打量著眼前的女孩，在昏暗的燈光下，女孩有著獨特的魅力，或許是那份病態的美，讓人自然生出一份憐愛之心。

女孩似乎有些羞澀，不太敢向趙燁詢問，幾次想開口，卻什麼都沒說出來。

「真的想當明星嗎？」趙燁首先開口問。

「嗯！」女孩點頭道。

「有這個信心?你要知道這條路就是獨木橋，有信心的人才過得去，否則只能掉下萬丈深淵！」

趙燁的話讓女孩有些猶豫，讓她從那虛幻的明星夢中清醒了幾分。

趙燁接著說：「不過你不要害怕，我會幫你的，胡總也會，不過在這之前，你要先幫我個忙，有問題嗎？」

「沒有！」

女孩咬了咬嘴唇，堅定地說。

趙燁覺得自己小看她了，這女孩不傻，她只是錯誤地理解爲趙燁想要潛規則她，而她已經做好了準備，隨時接受潛規則。這讓趙燁十分震驚，她不過十七八歲的年紀，怎麼這麼不自愛？

「放心，不是什麼難事，就是測試一下你有沒有表演的天賦。」

「放心，你告訴我怎麼辦吧！」女孩堅定地點了點頭，她已經做好了準備。

「簡單！」

趙燁不管她是不是誤解了自己，附在她耳邊輕聲說道：「一會兒你只需要這樣……」

被趙燁稱作胡謅的耳釘男對這裏熟悉得很，輕鬆地找到了趙依依。

這一找到不要緊，當他看到包間裏的人時嚇了一跳，裏面的人他雖然不認識，可混社會這麼久了，他一眼就看出這裏的人非富即貴，於是他越加堅定了趙燁並非普通人的想法。

晃晃悠悠走回去的時候，他發現那女孩看自己的眼神變了，原本青澀的女孩彷彿一瞬間成熟起來，眼神裏充滿嫵媚，勾人心魄。

「嘿，已經幫你搞定這女孩了，她今晚是你的人！」趙燁詢問了趙依依的房間後，立刻站起來，在與他擦肩而過時低聲說。

耳釘男覺得趙燁實在夠仗義，於是有心結交，可當他想要問趙燁真實姓名時，留下聯繫方式的時候，卻發現人家已經走了。

這時那女孩如蛇一般纏了上來，在他耳邊呵氣如蘭，輕輕地道：「難道我不漂亮嗎？怎麼不看我？」

「漂亮，怎麼不漂亮！你不漂亮我怎麼會選你當明星？」耳釘男不知道趙燁用了什麼魔法，竟然讓這小妞變得如此火辣。

酒吧內的音樂悠揚而舒緩，迷離而昏暗的燈光中，女孩的雙手猶如蛇一般在耳釘男身上游走，很快他就沉醉在溫柔中不能自拔，他從來沒試過這樣的感覺，剛剛還是陌生的、青純的女孩子一瞬間變得如此火辣，讓他有一種前所未有的快感。

「那還等什麼?來抓我啊！」

女孩猶如精靈一般刷一下跑掉了，耳釘男伸手抓了一把，只摸到她滑嫩的手。

酒吧中人很雜亂，再加上燈光昏暗，追逐一個人並不容易。

正在耳釘男發愁的時候，他發現樓梯的扶手上有件外衣，他很熟悉這衣服，正是剛剛那女孩的，於是越發佩服趙燁，他是如何激發出一個文靜女孩的潛力，竟然讓女孩想出這種鬼點子。

耳釘男雄性激素瞬間爆發，荷爾蒙分泌過量，精蟲上腦就是這樣的，他現在恨不得將那小妞抓住，然後就地正法。

然而那女孩似乎還要跟他玩曖昧的捉迷藏遊戲，根據衣服的線索，一步步接近女孩，接近那衣服越來越少的裸女。

不知不覺間他走到了二樓、三樓，最後在接近頂樓的時候，他看到女孩的文胸掛在通往頂樓鐵門的門把手上。

再明顯不過的暗示，穿著暴露的女孩在頂樓等著他，無人的僻靜頂樓，他喜歡刺激的感覺，在樓頂上他還從來沒過，樓頂非常安全，卻又非常的刺激。

漂亮的臉蛋自然讓男人著迷，但能夠刺激男人的並不只是臉蛋，把握男人最需要的才能讓男人著迷。

顯然這女孩抓住了這點，耳釘男已經被她弄到慾火焚身，急需找人來滅火，他已經不知道多久沒有這種感覺了，不知道多久沒遇到這樣的女孩了。

當他走上頂樓時，看到女孩正等著他，單薄的衣衫下沒穿內衣，玲瓏的曲線若隱若現，耳釘男吞了下口水，感覺慾火已經燒到了頭頂。

「哇，這都讓你找到了，你也太快了，人家還沒準備好呢！」

女孩發嗲的聲音讓他骨頭都酥了，他迫不及待地跑上去想要抱住女孩，然而女孩卻輕巧地躲開了。

「你先脫了衣服，我還沒準備好呢！你轉過去，我們兩個一起脫！」

「好好好！我脫！」

「不公平啊，你拿著我的衣服，我也要拿著你的衣服！」

當耳釘男脫下最後一件衣服的時候，卻聽見哐的一聲，回頭一看，那女孩已經不見了，而且樓頂的大鐵門竟然也關上了。

「靠，耍老子！」

耳釘男氣急敗壞地跑過去，卻發現鐵門已經關上了。

這種門非常結實，而且在裏面插上門閂，外面是無論如何也打不開的，即使在工具的幫助下也很難撬開。

可憐的耳釘男在瑟瑟的寒風中凍得直流鼻涕，他無意間瞥到那女孩脫下來沒來得及拿走的衣服，不管三七二十一撿起那女孩的衣服穿在身上，可還是覺得冷……

女孩拿到衣服，發現趙燁竟然將鐵門插上了，這才感覺到不對勁。

趙燁也不管她，直接關門，然後說：「現在你要做的就是回家去，再也不要出現在這裏，樓頂的那個男人並不是什麼星探，他不過是想騙你上床，我跟他不認識，更不認識你，現在你的任務完成了，很有表演天賦，如果你想當明星，趕緊回家好好學習，考個戲劇學校什麼的，你還有機會！」

女孩似乎不能接受這個事實，呆呆地站在那裏看著趙燁。

這個男人剛剛還對自己說，要考驗自己的表演天賦，並且跟自己說了具體的表演方案，用最原始的挑逗，留下衣服做記號，引誘他一步步上鉤，所有的一切都在這個男人的掌握之中。

但她想不到，爲什麼這兩個看似熟悉的人要相互算計，這男人竟然將關係到自己前途的藝術總監給關在了樓頂。

「回家吧，樓上這男人是黑道上的，下次看見你最輕也是毀容，說不定會把你剁碎了餵狗。而我也不是什麼正人君子，你現在衣衫單薄，小心我獸性大發，霸王硬上弓！」

趙燁本想說拉去賣妓院，但現在女孩似乎不怕這個，於是趙燁惡毒地說毀容，剁碎了餵狗，再加上獸性大發。

那女孩果然害怕了，扔掉那男人的衣服跑掉了。

「這年頭啊，做好事卻連個謝謝都沒有！」

趙燁說著，披上那女孩從耳釘男那裏騙來的衣服，逕自下樓去了。

根據耳釘男給的情報，趙燁很容易就找到了趙依依所在的包廂，趙燁沒敲門，就直接進去了。

包廂內一共三男兩女，除了趙依依，其他人趙燁都不認識，也不想認識。

當趙燁進去的時候，趙依依不知道爲什麼已經躺在沙發上昏迷不醒。

一豬頭男正在用鹹豬手在趙依依身上大肆揩油，甚至已經把手伸進趙依依裙底下，對於這種乘人之危的混蛋，趙燁恨不得立刻剁了他的手餵狗。

越是憤怒的時候，越要保持冷靜，意氣用事什麼事情都做不成。

對於不速之客趙燁，每個人的表情都不同，有疑惑、有驚訝、有憤怒，總之沒有人歡迎這個傢伙。

「樓下來員警了，我老闆要我來通知一聲。」

趙燁突然改變了計畫，改口稱有員警。

所謂做賊心虛，他們幾個都是有社會地位的，平時小員警見到他們都點頭哈腰，可背地裏誰知道那些員警罵了他們多少遍。

「聽說還有記者，似乎是某人報警了，現在員警正在路上，你們快找個地方躲躲！」

如果僅僅是員警，或許在座的人還覺得沒關係，警察局局長也要給幾分面子，不會爲難他們，可記者不同，如果碰到不要命的，油鹽不進的臭脾氣記者，可就不好辦了。

畢竟都是有頭有臉的人物，事情鬧出去，家庭不和事小，事業上如果受累就划不來了。

包廂內一個像豬般肥胖的傢伙看了趙燁一眼，輕蔑地說：「你是誰？你們老闆又怎麼知道我們的事？」

「這就不用您操心了，我老闆能開這酒吧，自然能知道每天來這裏的是什麼人。反正我的話帶到了，後果你們自己負責吧！」

對趙依依大肆揩油的那位鹹豬手已經有些膽怯了，拉了拉另一個人：「走吧，寧可信其有不可信其無，我們找個地方躲一躲。」

「今天天氣不錯，如果去頂樓看看風景似乎也不錯。」

豬頭男與鹹豬手看了看昏迷在沙發上的趙依依，吞了口口水，還有些不甘心。

趙燁看見了勝利的曙光，於是再次開口道：「這位小姐似乎喝多了，我們這裏有休息室，我先帶她過去，一會兒你們再去接她如何？你們也知道，員警如果來了，必定會搜查休息室，如果只有一個熟睡的女人，他們不會多說什麼。」

趙燁的話再明顯不過，告訴他們還有時間，等風聲過了，可以去休息室逍遙快活。

果然鹹豬手跟豬頭聽了很滿意，帶著另外兩男一女上樓去了。

趙燁脫下衣服，披在趙依依身上，昏迷中的趙依依臉上暈紅，別有一番韻味。

趙燁此刻卻沒有心思欣賞，直接抱著她離開了。

那幾位上樓的傢伙，本還以爲趙燁要帶著趙依依去休息室，發出淫穢的笑聲。

他們不知道，頂樓還有個發狂的野獸在等著他們。

午夜的城市漸漸靜下來。

狂歡的人們此刻正忙著回家，趙燁抱著熟睡中的趙依依在街邊攔下一輛計程車。

司機看了一眼趙燁，又偷偷瞄了一眼趙依依，別有意味地笑了笑。

現在的年輕人不知道有多少是喝了酒，稀裏糊塗地上了別人的床。

年僅四十的司機見慣了這種在午夜攔車的男男女女。

「小兄弟，去哪裏？現在這個時候好旅店可不多了。」

趙燁懶得跟他解釋自己並非他想像的那種人，而是直接報出了趙依依家的地址。

計程車司機本來還打算將他們倆載到一個頗為熟悉的旅店，好跟旅店老闆拿點好處費，不料這兩人竟然直接回了家，不禁搖了搖頭，心想這兩人真是大膽，半路遇上的陌生人也敢帶回家，沾上了甩不掉可就有得玩了。

昏迷的趙依依靠在趙燁的肩膀上，趙燁將她輕輕地推開一點，卻不小心觸摸到她頗為傲人的胸部，弄得他內心一陣狂跳。

趙燁並不是什麼老實孩子，卻也不是那種乘人之危的傢伙，雖然平時總是玩世不恭。當他觸摸到趙依依那傲人的胸部時，手觸電了一半，倏地縮了回來，他偷偷地看了看司機，發現司機沒看他這才安下心來。

趙燁裝作若無其事的樣子，可身體某個部位已經發生了變化，這讓他很是難受。

趙依依雖然算不上人間絕色，但也是極品尤物，趙燁雖然算得上人品不錯，可他不是坐懷不亂的聖人。

計程車一個快速轉彎，趙依依一頭倒在趙燁的懷中，這次趙燁沒再把她扶好，而是自然地任由她倚靠。

車窗外的路燈已經關了一半，大街上只有少量汽車呼嘯而過，行人更是少得可憐，只是偶爾在夜店門口能看到三三兩兩結伴回家的男男女女。

趙燁突然想起自己身上沒有錢了，剛剛搭車去酒吧時，已經將所有的錢花光了，他身上有銀行卡，可跟司機說刷卡會不會被揍呢？一分錢難倒英雄漢，趙燁充分體會到沒錢的痛苦，他現在只能將希望寄託在趙依依身上。

雖然進入了冬天，然而南方的冬天並不寒冷，趙依依然穿著漂亮的小連衣裙，下身只穿了長筒毛襪，雙腳穿著小皮鞋，趙燁在她身上打量了一圈，發現了件尷尬的事情，她平時一直帶在身邊的包包沒了。

祈禱上蒼，讓我在她身上搜出點錢吧，夠搭車的費用就可以了，無神論者趙燁開始臨時抱佛腳，祈禱一番以後，他開始搜身。

計程車司機總是喜歡將後視鏡調到可以觀察乘客的角度，而乘客們卻不知道司機在觀察他們。

夜裏開車十分無聊，所以司機一直都在分神觀察坐在後排的兩個人，開始的時候他還有些納悶，甚至有些著急，心裏暗罵這男的真不夠爺們，懷抱嬌娘還裝斯文。

可沒一會兒他又開始罵，這男的也太心急了點，怎麼在車上就摸上了，難道不知道前面還有個司機嗎？

司機再也看不下去了，要知道他也是個男人，看多了沒處發洩會很難受的，於是他咳嗽了一聲，算是提醒一下趙燁。

趙燁聽到他的咳嗽聲，卻沒有停手，兩手依然不斷在趙依依身上游走，尋找任何一個可能藏錢的地方。

司機大叔這個難受啊，你說要上就直接上，要麼就不要搞這麼曖昧的動作，兩個人就在車後座折騰，而他就在前面看著。

司機大叔覺得自己很受折磨，實際上趙燁更痛苦，身體的某個部位已經快要到了必須發洩的地步。

小心翼翼地翻了半天，終於找出一張鈔票，趙燁總算安心了，靠在椅背上長長地舒了一口氣。

司機不屑地瞥了一眼趙燁，心想，這小子真是無能，光是摸摸就解決了，真是無能啊。

鬱悶一掃而光，司機對趙燁的態度由羨慕轉變爲鄙視，使勁踩了一腳油門，甚至哼起了小曲。

看車窗外的建築漸漸熟悉，趙燁知道快要到地方了，於是趙燁試著拍了拍趙依依的臉蛋：「醒醒，到家了。」

趙依依嗯地回答了一聲，趙燁還以爲她要清醒了，卻發現趙依依竟然還是閉著眼睛，趙燁知道一會兒只能背著她上樓了。

就在趙燁鬱悶的時候，趙依依突然挺直了腰坐了起來，趙燁高興地以爲趙依依醒了。但很快趙燁發現自己錯了，趙依依的確坐了起來，但卻沒有醒，有經驗的司機已經尖叫起來：「啊，她要吐，快找個袋子，別讓她吐車裏！」

司機發現得太晚了，趙依依吐得也太快了，按照醫學的說法就是，胃部痙攣，嘔吐出內部存物。

嘔吐物呈噴射狀，頓時趙燁的衣服上，汽車的後排座上全是嘔吐物，空氣中彌漫著難聞的氣味。

「哎喲，真是倒楣，怎麼說吐就吐啊！」

司機哭喪著臉道。

「對不起，我一會兒幫您弄乾淨。」

趙燁抱著趙依依趕緊賠禮道歉。

司機鐵青著臉不說話，現在他只想將這倆衰神早點送到地方，然後下班回家睡覺去，此刻他只能自認倒楣了，不但賺不著錢，還要去洗車。

下車的時候趙燁背起趙依依，沒等他站穩，那司機一腳油門躥出了老遠。

趙燁簡直就是他的災難，此刻司機只想跑得越遠越好。

第四劑

世間險惡

趙依依對趙燁道：「院長的位置原本是十拿九穩，可不知從哪裏殺出來個傢伙，竟然想要競爭長天大學附屬醫院院長。他有錢，有權。我壓力很大，恐怕這次我這位置要丟了！」

「不會的，醫院裏的人都會支持你的，醫院裏最有威望的李中華主任也會支持你，一個外來人不會那麼容易當上院長的。」

趙依依歎了口氣，歎氣道：「你太單純了，你比其他人要聰明，懂得事理，但是你不知道這個世界的險惡。」

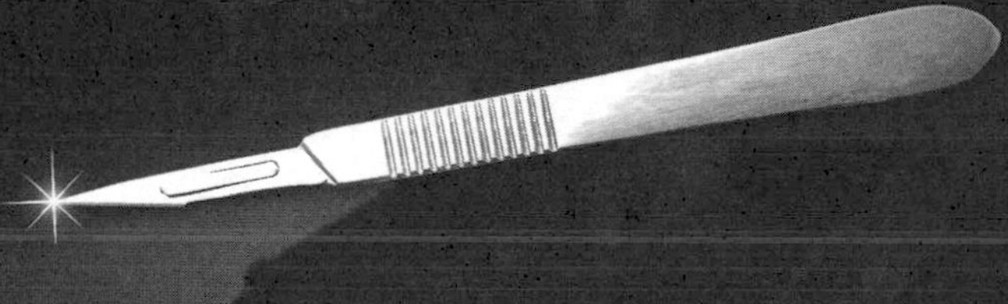

趙燁也沒法怪人家，趙依依吐了人家一車，身上錢又不多，連人家洗車錢都沒給，趙燁不怪司機不仗義，只能歎自己運氣不夠好。

趙燁背著趙依依走了一段路，累得不斷喘著粗氣，終於走回家裏，但是，累還不是最讓他難受的。

趙燁好歹也是個二十多歲血氣方剛的男人，懷裏抱著個女人不可能沒有感覺，特別是趙依依這樣漂亮的女人。

平時趙依依總是有意無意地對趙燁放肆一番，雖然趙燁每次都很懊惱，可每次都被逗得偷偷去洗冷水澡。

這次也不例外，今天恐怕趙燁必須沖個冷水澡才能降溫。

輕輕地將爛醉如泥的趙依依抱到床上以後，趙燁開始找水喝。

長時間的精神緊張讓趙燁汗水浸透衣衫，飲水機咕嚕咕嚕地冒著氣泡，趙燁狠狠地喝了幾大杯水。

此刻他又累又睏，非常想好好睡一覺，但他身上都是趙依依的嘔吐物，無論如何趙燁必須先洗個澡。

趙依依睡得很熟，趙燁甚至在她面前叫了很多遍都沒有反應。

不知道那幾個無良的畜生給她喝了什麼東西，讓她睡成這樣。

不過那幾個傢伙肯定也不好過，樓上的那位耳釘男明顯不是什麼好東西，這幾個在頂樓碰面，想必會有一場激烈的碰撞，想想就讓人非常期待。

不僅趙燁身上有趙依依的嘔吐物，趙依依身上也有少許，趙燁只能幫她簡單清理一下，爲的只是不弄髒床單。她那身衣服恐怕會跟前幾天一樣，在趙依依清醒了以後，扔到垃圾桶裏吧。

趙燁先前不明白，趙依依爲何不喜歡跟那群男人一起，卻還要每天晚上出去，更不能理解她那些奇怪的舉動，可今天他有些明白了。

在趙燁看來，趙依依這麼做完全不値得，當然有時候每個人的想法是不一樣的，如果趙依依不給他發簡訊，趙燁也管不了那麼多。

看了看躺在床上面色緋紅極盡誘惑的趙依依，趙燁歎了口氣，他必須洗澡去了。不僅是因爲身上的汙物，更重要的是身體，趙燁的褲子鼓鼓的，雖然喝了很多水，趙燁卻還是有些口渴，慾火焚身的滋味實在是太難受了，他必須用冷水來降降溫，滅滅火。

南方冬季的夜晚充滿陣陣寒意，不時吹來一陣冷風，那酒吧樓頂的耳釘男躲在水箱後面，依舊凍得瑟瑟發抖。

爲了取暖，他甚至不惜穿上女人的衣服，就是那個引誘他上來的女人的衣服。

這是一個月朗星稀的夜晚，潔白的月光讓人可以清楚地看見十米以內的東西。

耳釘男蹲在水箱後面，發現地上很多用過的套套，想到曾經有人在這裏快活，再想想自己的窘境，暴怒的他將它們踢開，又罵了幾句國罵。

陰溝裏翻船是最讓人生氣的，此刻他已經很清楚自己是被那女人跟趙燁算計了，他在頭腦裏不知道將趙燁殺了多少遍，將那女人弄死多少次。

不知道過了多久，耳釘男聽到鐵門的響聲，高興得猶如兔子一下從水箱後面跳了出來，完全忘記了身上還披著女人的衣服，他只知道自己得救了，再也用不著受凍了。

「我靠，哪裏冒出來的東西，嚇死老子了！」

打開鐵門的正是被趙燁騙上來的三男一女，而驚聲尖叫的則是那鹹豬手。

一陣尖叫後，鹹豬手發現眼前是個變態，一個男人竟然穿著女人的衣服，於是大笑。

「真是有意思，這裏竟然還有個變態！」

他當慣了領導，說話從來不避諱，更不會看人臉色，自然不會注意到耳釘男殺人的目光。

月光下，耳釘男的裝飾看得很清楚，三男一女開始瘋狂地取笑他。耳釘男這才想起來，自己穿的是女人的衣服，此時他面露凶相，青筋暴起。

「你媽的，讓你笑！」

耳釘男隨手撿起一塊磚頭就丟了出去，街頭流氓打架確實專業，磚頭準確地命中頭部，鹹豬手立刻頭破血流，耳釘男似乎還不解氣，上去又是一腳直接踢在鹹豬手的腦袋上：「老子可認識你們，就是你們幾個把老子害成這樣！」

耳釘男想起這幾人就是趙燁來酒吧尋找的人，於是暴怒下的他不管三七二十一，單純地認為他們幾個是趙燁一夥的，此刻則是上來看熱鬧的，於是把滿腔怒火都發洩在他們頭上。

幾個被酒色掏空了身體的中年大叔如何是這常年在街頭打架的混混兒的對手，於是出現了奇怪的一幕，一個穿著女人衣服的變態男人，手持鐵棍追打三個中年大叔，跟一個妖豔少婦，月光下在樓頂追逐尖叫。

「冬天真冷！」

浴池裏噴頭的冷水讓趙燁打了個寒戰，同時也讓他冷靜了很多。

酒吧樓上那位小藝術總監，估計凍死了，那幾位大叔估計要被藝術總監給潛規則了，不打死也殘廢。

趙燁甚至能夠想得出他們哭喪的臉，這不僅讓他有點小得意，甚至有些自戀地覺得很聰明。或許唯一美中不足就是總要洗冷水澡來滅火吧，話說那小妞的確有夠誘惑，表演天賦極高，當然是表演三級片……

正洗得爽的時候，浴室外突然傳來手機鈴聲，聽鈴聲，趙燁知道是他放在外面的手機，但他卻絲毫沒有去接的意思，現在已經凌晨兩點多了，這個時間的電話多半是騷擾電話，所以開始沒有在意，誰知道竟然響個沒完。

趙依依在熟睡，而趙燁在洗澡，電話確實沒有人接。

誰會半夜兩點打電話給他呢？

難道又是有急事？

怎麼今天這麼多急事？

他決定不管那電話，繼續洗澡，洗完了再出去回電話。

然而那電話卻響個沒完沒了，如果僅僅是這樣也就算了，趙燁的電話鈴聲還是從網路上下載的很變態的那種鈴聲，日本女僕用很嗲的聲音叫：主人！來電話了。

趙燁此刻也不管那麼多，隨便用毛巾擦了一下身體就裸奔了出去。

反正趙依依熟睡不醒，趙燁不怕被人看到。

當趙燁抓起電話想要看看是誰這麼變態，凌晨兩點給自己打騷擾電話，不料一看電話差點吐血，電話螢幕上赫然顯示著趙依依的名字。

趙燁想也不想趕緊跑回浴室，赤身裸體的他以爲趙依依流氓態又犯了，弄不好這位大姐正拿著手機淫笑著看著他。

可等了半天也沒看到趙依依出現，屋裏靜悄悄的，手機沒有再響，黑暗中隱約聽到了哭泣的聲音，似乎是趙依依那房間傳來的。

趙燁趕緊擦乾淨身體從浴室出來，穿好衣服跑到趙依依的床頭，此時趙依依正在哭泣，楚楚可憐的樣子，手機就放在她面前，趙燁不能確定她是否清醒著。

「你怎麼了?別哭，我在這裏，別害怕。」趙燁安慰著她道。

「你怎麼不來救我？」趙依依可憐兮兮地問。

她此刻臉色有些紅暈，惹人憐愛。

「我這不是來救你了，不要怕，這裏是你家，很安全！」

趙燁知道她現在神智有些不清醒，明明在自己家卻分不清情況。趙依依此刻的記憶的確是混亂的，她只記得在那幾位得罪不起的人面前拚命喝酒，面對著他們淫穢的笑容卻要屈辱地忍受。

她抓住趙燁的手放到胸前，想感受到一些安全感，想真切地感受到自己的確在家中，而不是那幾個混蛋的別墅。

趙依依是有安全感了，趙燁卻沒了，他的手被趙依依抓著放在胸前又收不回來，剛剛冷水浴的效果在漸漸消失。

「不要怕，那幾個混蛋已經被我收拾了。」趙燁安慰道。

「抱緊我！」趙依依說。

趙燁猶豫了一下，然後任由她鑽進自己懷中，可他的雙手始終不曾放在趙依依肩頭。

「我很害怕！謝謝你救了我！」

「既然我叫你姐姐，那麼我這麼做也是應該的。」

趙依依天生媚骨，趙燁抱著她本來就有些吃不消，剛剛洗冷水澡的效果此時已完全失效，雄性激素開始衝擊大腦，身體的某個部位再次發生變化，很直接地頂著趙依依豐滿的身體。

「為什麼你不敢抱著我？」

趙依依似乎沒注意到趙燁身體的變化，她只是感覺不到趙燁的雙手。

「我這不是在抱著你嗎？」

趙燁剛說完，突然感覺嘴巴被堵住了，兩人曾經有過一次吻，那次是很早以前的事情了，可那個感覺卻讓趙燁銘記，此時的吻比起上次更加銷魂，趙依依的舌頭拚了命地鑽進趙燁口中，這是旋轉式的舌吻，主動的趙依依將舌頭伸入趙燁口中，不斷旋轉，柔軟、滑膩。

吻很銷魂，趙燁很想更進一步，甚至他的雙手已經有所動作，可他最終還是停了下來，他知道趙依依此刻不清醒，因爲根據觀察，那群混蛋很有可能給她吃了催情的藥物，這不是真實的趙依依。

趙燁猜得沒錯，她的確被人餵了藥物，此刻趙依依神志不清，幾乎分不清現實與虛幻。

「我想你需要一些水。」

「不，我只需要你，弟弟，不，趙燁！你也喜歡我對嗎？我知道你是真心對我好，你跟他們不一樣，你不喜歡姐姐嗎，你不想要姐姐嗎？」

趙燁有些粗暴地推開她，試圖讓她冷靜下來：「姐姐，你喝多了，我去給你倒杯水。」

「不，我沒有喝多，你既然嫌棄我，那你就給我滾蛋，我永遠不要再看見你。」趙依依倒在床上歇斯底里地叫喊，淚水汨汨流下，如墜落的珍珠。

趙燁沒說什麼，起身去幫她倒了一杯水，放在床頭桌上：「喝杯水，會好受一點。我回去了，如果有事給我打電話！」

「別走！」

在趙燁轉身那一刻，趙依依拉住了他的手，「陪陪我好嗎？」

趙依依從來沒遇到過拒絕她的人，男人看到她都會垂涎三尺，那種色瞇瞇的眼神令人作嘔，她不明白眼前這個男人爲什麼會拒絕她，或許這就是趙燁的與眾不同吧。

喝了水的趙依依明顯好了很多，趙燁在記憶中搜尋了幾種解毒清腦的辦法，幫她做穴位按摩。

兩人就這樣坐著過了好久，趙燁第一次見到趙依依的時候，就覺得這女人不簡單，聰明的女人就是她這樣的，而這一切都是她的眼神所表達出來的，此刻趙燁卻覺得她就是一個普通的女人，眼神清澈的普通女人。

趙燁確定她已經擺脫了藥物的控制，她吃的藥很一般，估計就是普通的情趣用品店那種低檔貨色。

藥效消失後的趙依依感覺身體軟綿綿的沒有力氣，整個人癱倒在床上，連說話的力氣都沒有。

她幾次三番誘惑趙燁，卻每次都被拒絕，這個小男人對她來說是個謎，怎麼也看不透的謎，她第一次感覺對男人沒有把握。

趙燁沒有嗑藥，可他現在卻比嗑了藥還要難受，總是被誘惑，他又不是聖人。

看著躺在床上的尤物，趙燁心想，你怎麼不再來一次？再來一次我絕對抵禦不住……

感覺都是一瞬間的，剎那的璀璨卻能在記憶中永恆。

趙依依知道眼前的男人跟其他人不同，這是自己永遠都不可能征服的男人，這是個把自己當成姐姐的男人。不知道過了多久，趙依依首先打破了沉默。

「你覺得我的房子漂亮嗎？」

「嗯，很大很漂亮，這是很多人夢寐以求的家！」趙燁淡淡地說。

「你是不是覺得我很無聊？事業有成，愛情上又不乏追求者，可我卻還這樣，整天醉生夢死。」

「不，我想你有自己的理由。你的事我已經知道了，關於院長的問題，我想你這麼做也沒有什麼不對。」

趙依依有些不可思議地看著趙燁，剛剛二十出頭的年輕人真的明白什麼叫做生活？或許這只是他敷衍自己的話。

「你知道嗎，我二十七歲博士畢業，二十九歲成為副主任醫師，三十歲成為主任醫師，現在我三十二歲，對於一個醫生來說我很年輕，對於一個女人來說，我依然富有魅力，不是麼？」

趙燁點頭同意，趙依依的確擁有這一切，令人羡慕的一切。如果她將剛剛的敘述寫成履歷，恐怕獵頭公司會搶得頭破血流。

「可是你知道我的故事嗎？我出生在農村，小時候就沒穿過新衣服，都是姐姐穿小了再給我穿。五歲的時候我就幫家裏幹活，沒日沒夜地幹卻還是吃不飽。那個時候我最大的夢想就是吃飽飯，有穿不完的新衣服。」

「後來我上學了，但依舊在田間幹活，我考上了高中，就開始打工賺錢，因為我生活在那個混蛋的重男輕女的農村。」

「父親寧可供我那個經常排在年級倒數第一的混蛋弟弟上學，也不願意讓我這個可以免費讀高中的女兒去上學。所以我只能離開家，別人還在父母懷裏撒嬌的時候，我已經早起送牛奶，為了賺到一日三餐，也為了讓父母能正眼看我一眼。」

「你知道嗎？我每天只睡四個小時，每天工作六個小時，放學後我幾乎沒有學習時間，可我依然是全年級第一，全市第一，後來我上了大學，學費更貴，我更加辛苦，我不停地打工賺錢，你知道有多累，我們一本內科書的內容甚至比其他專業全部的內容還多。」

「在大學，我從來沒出去玩過，從來沒有過什麼豐富的大學生活，更不知道戀愛是什麼感覺。然而我的勤奮、我的聰明、我的美貌卻成了別人嘲笑的對象。憑什麼，我比所有人都漂亮卻要受到她們的鄙視跟嘲笑？我自力更生，憑什麼嘲笑我？那個時候我覺得學習可以改變我的命運，可以讓我出人頭地，再也不用受那些有錢人的鄙視。」

「一直到我畢業那天我才明白，即使我擁有了博士學位，我依然跟人家差了一截，我努力奮鬥了這麼多年，他們呢？玩樂了那麼多年，我用了十五年的時間才從農村小丫頭變成了今日的趙主任，而他們呢，有個好父親，畢業以後同樣可以找到好工作，繼續那種衣食無憂的生活，奮鬥了十五年的我才能與他們平起平坐。」

「憑什麼？」

「你看我的房子多漂亮，我從小就夢想有這樣的房子，看看我的衣服，多麼昂貴，我夢想的東西我都有了，我以爲我成功了，我擁有了自己想要的一切。」

「但這還不夠，我痛恨那群人，你知道今天跟我一起喝酒的那些混賬，一個是藥監局局長，一個是衛生廳的高幹，還有個是檢察院的處長，哪個不卡著我的脖子，哪個不是要命的角色。」

「這樣的人太多了，我一個女人能怎麼樣？表面上看起來風光，你知道我有多麼痛苦麼？我的命運從來沒掌握在自己手上，但這些不會持續很久，我很快就能掌握自己的命運，只需要再付出一些。院長的位置我不想放棄，可是我又不想被他們欺負……」趙依依說著竟然嚶嚶地哭了起來。

趙燁從來沒想過擁有讓人羨慕的事業，讓人嫉妒的相貌的趙依依，竟然有這麼心酸的過去。趙燁對她有些同情，不過更多的卻是擔憂。

從小艱苦的生活讓趙依依太要強了，任何事情她都要做到最好，有時候這是好事，但有時候卻是災難。

趙依依頓了頓繼續說：「院長的位置原本是十拿九穩，可不知從哪裏殺出來個傢伙，竟然想要競爭長天大學附屬醫院院長。他有錢，有權。我壓力很大，恐怕這次我這位置要丟了！」

「不會的，醫院裏的人都會支持你的，醫院裏最有威望的李中華主任也會支持你，一個外來人不會那麼容易當上院長的。」

趙依依歎了口氣，歎氣道：「你太單純了，你比其他人要聰明，懂得事理，但是你不知道這個世界的險惡。」

「或許那些醫生都跟你交好，可是到這種時候他們只會中立，因為支持誰都不好，萬一站錯了隊伍是會丟工作的！」

「我想醫院裏唯一會百分之百支持我的就是你了，我知道你對我沒有什麼壞心，不像其他男人總想占我的便宜。」

這話讓趙燁臉紅，剛剛他還齷齪地想，如果趙依依再來一次投懷送抱，他堅決不會客氣。

「您既然是我姐姐，弟弟怎麼能這樣呢！」

雖然這麼說，趙燁卻想起來流行的一句話，先叫姐，後叫妹兒，然後叫寶貝。

社會就是這樣，女人無論多有能力，總是比男人差一點，不是說女人不如男人，只是社會現實決定了這一點，女人想要登上高位總要付出得多一些，漂亮的女人更是如此，所謂的潛規則多半就是給她們準備的。

「弟弟，說句真心話，我還是想要院長的位置，可是昨天晚上的事情恐怕沒那麼容易解決。」

此刻東方已經泛白，不知不覺間一夜就這樣過去了，趙燁拍了拍趙依依的肩膀：「姐姐你快休息吧！明天還要上班，還要去競爭院長。」

趙依依或許真的累了，或許是聽進了趙燁那句競爭院長，沒一會兒她就睡著了。

三甲醫院的院長，在真正上層人士眼中算不上什麼，沒什麼錢，權力又有限，可這些人爲了爭奪一個院長的職務卻是你死我活。

趙燁看著進入夢鄉的趙依依，這女人背負了太多東西，所以她的生活才這麼沉重。每個人的選擇都不同，趙依依選擇了權力，所以才這麼累吧！趙燁自己的選擇呢？他似乎還沒想過。

曾經的他只想找個好工作，過著衣食無憂的生活就滿足了，現在呢？趙燁突然迷茫了起來，他想要尋找自己的生活，可他真的能放下趙依依不管麼？

趙依依夢想當院長，趙燁很清楚，趙依依想要證明自己，想要個結果，一個努力拚搏後的結果。

然而在無限接近夢想的時候，卻又突然變得撲朔迷離起來。趙依依此刻心力交瘁，如果她昨夜不向趙燁求救，或許今天她已經得到了院長的位置。

趙燁歎了口氣，現在的趙依依或許當不上院長了，然而正是這樣的趙依依才是趙燁喜歡的那個姐姐。

趙燁沒有趙依依那麼大的野心，更沒有她那種偏執狂一樣的執著。至於未來的生活，趙燁只是想要擁有頂尖的醫術更甚於聲名顯赫。要說做一個什麼樣的醫生，趙燁頭腦裏突然跳出一個詞：國醫！

趙燁的夢想一直都是治病救人，爲國爲民。

有時候趙燁很懷疑女人的柔弱是不是裝出來的，趙依依幾乎天亮了才睡覺，又喝了那麼多酒，甚至還吃了很多藥，可今天卻早早地就起來了，彷彿昨夜什麼都沒有發生過。

趙依依早起是從小養成的習慣，無論前一天晚上多晚睡覺，她總是能很早起床。當趙燁醒來的時候，看到趙依依出門買回了早餐，有豆漿跟油條，奇怪的是還有一罐腐乳。

「我上大學的時候買不起什麼菜，只能買腐乳吃，這樣米飯不至於太難下嚥！」趙依依毫不忌諱地說，「除了你誰都不知道，我現在依然喜歡吃腐乳。只是現在的跟以前不一樣了，以前五分錢的油條現在變成了兩塊錢的。」

趙燁在趙依依家住了十幾天了，她原來早餐沒有吃腐乳的習慣，今天又開始重複幾年前的生活，似乎有種什麼特別的意義，也許是在告誡自己不能忘記曾經艱苦的日子吧。

早起的趙燁睡眼矇矓，他很佩服這女人旺盛的精力，有這樣的精力，怪不得能一口氣考到博士。

早餐通常趙燁都是不吃的，雖然這對身體不好，但年輕的學生誰真的在乎過？

趙燁打著哈欠喝了杯咖啡，他實在堅持不住了，如果不喝咖啡，恐怕這一天都要睡眼矇矓。

趙依依卻好像沒事人一樣，優雅地吃著早餐，趙燁看到她不慌不忙的樣子，終於忍不住說道：「姐姐，我聽說關於競爭院長的事情了，你不用擔心，我會幫你的。」

趙依依看著趙燁笑了笑說道：「你怎麼幫我啊，這件事你幫不了我。那傢伙志在必得，長天大學附屬醫院這次因爲易盛藥業的事情也出名了，在本地區再也沒有競爭對手，一家獨大，自然也就成了大家眼中的肥肉。」

兩人吃過早飯，直接奔向醫院，趙燁已經沒有工作了，去醫院自然是爲了幫趙依依。

其實一路上趙燁挺擔心的，昨天他衝動地教訓了那些要人。

雖然不是自己出手，可那幾個肥頭大耳，滿腦精蟲的傢伙畢竟不是傻瓜，他們能爬到那個位置自然有自己的一套，相信用不了多長時間，他們就會發現其中的破綻，也會揪出趙燁這個幕後搗蛋的傢伙。

長天大學附屬醫院再次變得擁擠，一個輻射六百萬人口地域的三甲醫院在被媒體瘋狂報導打壓後，又極力追捧。

這讓醫院的聲望達到了頂峰，老院長帶著榮譽離開了，而下一任新院長迎來的則是無限的機遇，這個年收益在三億左右的大醫院，預計在未來一年裏會翻倍。

這樣的醫院自然有人眼紅，或許院長拿不到多少工資，可誰都知道一把手說了算，有無數的經濟利益。

醫院裏看不到院長競爭的硝煙，高層們的爭奪還不至於影響下面的工作，患者們不知道也不會關心醫院的變動，他只是來看病的，他們只關心醫生的問題。

自從媒體曝光整個事情的原委以後，醫院裏經常能夠見到這樣的情景，患者到門診後先描述病情，然後會說：「我想要趙燁醫生給我看病，就是那個大明星鄒夢嫻的私人醫生，就是那個連癌症都能治療的醫生。」

門診醫生：「這個……你不用開刀手術，你只是胃炎。」

患者二：「醫生那我呢？我生孩子能讓趙燁醫生主刀麼？」

門診醫生：「據我所知，他從來沒做過婦科手術……」

每天慕名而來的患者很多，不知不覺間，趙燁已經成了長天大學附屬醫學院的招牌醫生。

趙燁現在不坐診，也不手術。

即使他在長天大學附屬醫院當醫生，也不可能滿足所有患者的要求，他只有一雙手。

趙燁想幫趙依依，可他頭腦一片空白，他不知道怎麼幫忙，只能跟著她到了醫院，一起到了急救科辦公室。

上午八點，正是上班時間，醫生們通常會在這個時候整理病例，查房。然而今天趙燁跟著趙依依剛剛走進辦公室就接到了通知。

「今天上午八點半在會議室開會，全體科室主任必須參加。」這是科室裏的一位醫生轉達的，聽說是早上剛剛得到的消息。

趙燁雖然社會經驗少，可也感覺到了其中非比尋常的味道，看了一眼趙依依，問道：「這樣緊急的會議是不是有什麼大事啊，難道是要宣佈您獲得院長的位置？」

「不一定，說不定是宣佈我落選院長！好了，我去開會了，走一步算一步，你在這裏等著吧。」

看著趙依依消失的背影，趙燁的感覺越來越不好，他撥打李中華的電話，想問出點兒內幕來，李中華雖然跟趙依依是一樣的主任醫師，可他在醫院裏的人脈關係，不是趙依依能比的。

電話打過去好一會兒才接通，李中華沒等趙燁開問就搶先說道：「趙依依是怎麼回事？我剛剛接到消息，今天似乎要宣佈院長歸屬，不是趙依依，而是那個新來的叫魯奇的傢伙。趙依依電話也打不通，她怎麼搞的？」

魯奇應該就是那個跟趙依依競爭院長的傢伙了，他到底是什麼樣的人還是個謎，趙燁連他的名字都是第一次聽說。

「那怎麼辦？有沒有辦法？」趙燁著急道。

「恐怕已經無力回天了，你看好趙依依，不要讓她過於激動，我太瞭解她了，這件事會對她打擊很大。」

掛了電話，趙燁直接向會議室走去，他想幫趙依依，可卻又不知道怎麼幫。如果還有時間他還能想想辦法，可現在根本沒有時間容他考慮。

趙燁覺得，趙依依今天的失敗完全是因爲自己。如果自己的手段溫柔一點，不出手教訓那群混蛋，估計也不會到這種不可挽回的地步。

趙燁有些自責，可隨後自責變成了憤怒，就算教訓他們也是應該的，想到那幾個精蟲上腦的肥豬臉，趙燁就生氣，如今沒有辦法挽回，那麼就平靜地面對一切，總會有辦法的！

醫院院長的任命是要經過重重審核的，需要很多領導點頭同意，原本趙依依十拿九穩，卻被那個叫魯奇的傢伙硬是拉下馬來。

趙燁一直專心於看病救人，對於醫院的事情並不是很懂，可他也明白那個叫魯奇的傢伙的確厲害。

走進會議室，很多人都已經在裏面坐好了，趙燁進來立刻吸引了所有人的目光，這裏是科室主任級別的會議，整個醫院只有二十多個人，位置都是固定的，這裏顯然沒有趙燁的座位。

「趙燁醫生吧，來坐我這裏吧！」

一個白白淨淨的中等身材的胖子對趙燁說道，然後自己又去搬了個凳子過來。

長天大學附屬醫院裏的醫生趙燁都認識，這個人卻非常陌生。

趙燁以爲他是後勤的人，也沒多問。

趙依依坐在離趙燁不遠的地方，她面無表情，似乎已經猜到了今天會議的內容。不僅是趙依依，其他的科室主任也是如此。

會議大抵都是一樣的，開始的時候非常囉唆，主持會議的是前任院長龍瑞，他要離開了，這次會議就是宣佈他的離開。

他的每一句話都讓趙燁緊張，看來李中華說得很對，這次會議的確是要公佈新任院長的名字。

趙燁很想出現奇蹟，希望龍瑞公佈下一任院長是趙依依，可是他知道那只是奢望。

「經過組織長時間考察，爲了更好地發展建設長天大學附屬醫院，決定任命魯奇同志爲長天大學附屬醫學院下一任院長兼任黨委書記！」

龍瑞的聲音慷慨激昂，公佈了結果以後他帶頭鼓掌，會場內只有很少的人回應，因爲大家都懵了，多半人都沒想到趙依依竟然會落選。

趙依依更是不能接受這樣的結果，努力了這麼長時間，卻得到這樣的結果，在稀稀拉拉的掌聲中，趙依依失魂落魄地站了起來。

「對不起，我出去一下！」

會議中途離開是很不好的事情，可沒有人怪趙依依，相反大家都非常同情她。

趙依依離開的同時，趙燁也跟了出去。

會議室的氣氛非常怪異，龍瑞清了清嗓子，宣佈下一任院長講話，此時人們才發現下一任院長竟然是那個白白淨淨的中等身材的胖子。

趙燁從身後一把拉住趙依依，關心地說道：「姐姐，你不要這樣。院長的位置丟了就丟了，沒什麼大不了的。」

「長天大學附屬醫院算得了什麼，大不了我們離開這裏，你不是想當院長麼？我答應你幫你成爲院長。」

「你的心意我領了，不用安慰我了，讓我安靜一會兒吧。」

「你是不相信我，這樣，如果你想做院長，我們去建立一家自己的醫院，你做院長，再也不用受這樣的窩囊氣了！現在先回去好嗎？即使離開也要挺著胸膛離開，不要讓人看不起！」

第五劑

院長夢的最快捷徑

趙依依並沒有走遠，她看到趙燁也跟著出來了以後，終於忍不住流下淚來，她一直很害怕，害怕趙燁不會出來，害怕趙燁也拋下她，這次她終於沒有看錯人。

「別哭了，這種鬼地方離開也好。我們到能大展拳腳的地方去工作！」趙燁安慰她道。

「還能去哪裏呢？醫院還不都是這樣。」

「那就自己幹。」

「我們都是外科醫生，不適合開診所。」

「那就開一家醫院，你繼續做院長。」

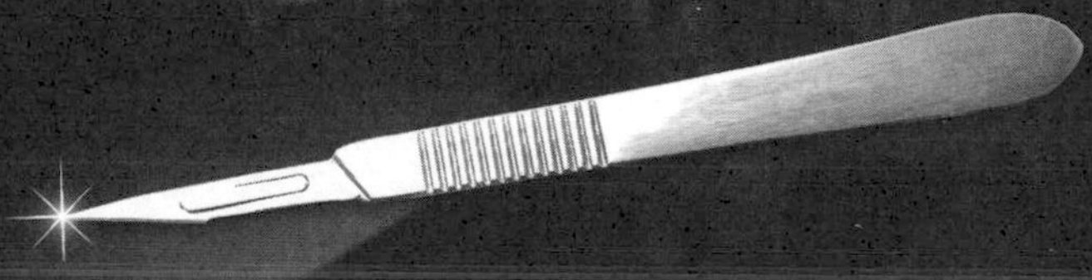

魯奇畢業於美國華盛頓大學醫學院，這學校是全世界最好的醫學院之一。這個白白淨淨的胖子，完全可以留在美國找一份高薪工作，然而他卻跑回國內，在這個小城市競爭醫院的院長。

在國內當院長不一定比國外當醫生賺得多，可國內的生活卻比國外好很多，起碼魯奇是這麼認爲的。

親人、朋友都在國內，同時國內還是一個充滿機遇的地方，魯奇是個很有野心的人，所以他回來了。

選擇長天大學附屬醫院其實是個意外，原本這個名不見經傳的小醫院並沒有什麼值得他注意的地方，可他看到易盛藥業這場風波後，他改變了主意。

這家醫院很有發展潛力，雖然醫院依舊是公立醫院，可成爲這家醫院的院長依然有很大的操作空間。

於是魯奇動用家族的力量，動用他的人脈關係爭奪院長的位置，趙依依一介女流之輩在他眼中算不了什麼。

功績又如何，承諾又怎麼樣？人心更是不值一提，魯奇覺得只要他當了院長，醫院裏的醫生們沒有人敢說什麼。

他沒有基礎，卻有權利，只要幾個月時間，他有信心讓所有人都承認他。

他覺得現在這社會早已沒有那種爲了友情而放棄工作的傻瓜，大家更不會爲了同情趙依依，爲了幫助趙依依而反對他魯奇。

魯奇甚至還想留下趙燁與趙依依，在他看來這不是沒有可能，人總要爲自己著想，只要有足夠的利益，沒有什麼不可以背叛，趙燁可以背叛趙依依，趙依依更可以背叛自己。

在會議室裏，魯奇這個現任的院長兼黨委書記躊躇滿志地發表著，台下的聽眾是各個科室的主任。

他們顯然對這位院長有些不服氣，簡歷上說他是從其他醫院平調過來的院長，可誰都知道他只是個才回國的海歸，他或許在醫術上沒有問題，但是讓這樣一個外來人做院長，顯然讓大家不服氣。

魯奇慷慨激昂地進行著自己的就職演說，他面對這群主任毫不避諱自己的想法，將自己未來大膽的計畫說了出來。

「我這次成爲院長，我會將承諾的一億元投資帶進來，這算是我個人的捐贈……」

人人都知道他入主院長最大的原因就是他承諾的捐贈，可誰也沒想到他會在這種場合當面說出來。

人人都為他的厚臉皮而嗤之以鼻時，趙依依跟趙燁回來了，兩人悄悄地坐在屬於他們的座位上，如果說整個醫院裏誰最不服氣這個新院長魯奇，無疑是這兩人。

魯奇看著兩個人走回座位，他清了清嗓子繼續說道：「一億元對於我們醫院能做許多事情，我打算再建一棟外科住院部，增加我們醫院的床位。」

「我的目標是將我們醫院建設成為全國頂尖的醫院，我們將整合長天大學醫學院這股科研力量，再大力改進我們醫院的診斷及治療能力，我想用不了五年時間，我們將成為本省最大的醫院！」

「我希望大家能夠齊心協力幫我完成這個目標，在這裏我還要補充一下，我將改革我們醫院的某些制度，例如醫生的待遇問題，我承諾將提高醫生的待遇。」

魯奇的講話迎來了稀稀拉拉的掌聲，並不是所有人都捧場，甚至還有少數人唱對台戲：「我們醫院憑什麼比其他醫院工資多啊，政策上不允許，我們醫院自己支出也不可能吧！」

面對質疑的聲音，魯奇並不惱怒，他緩緩開口說道：「這個容易，基本工資不變，我們可以在其他地方補充。」

「另外在財政上，我想我們醫院作為本地最大最好的醫院，提高費用也不是不可以的！」

聽到錢，很多人的眼睛亮了起來，甚至開始低聲討論起來，原先那種敵對氣氛被瓦解了一半。

其實人多數都是平凡的，一旦涉及到自身的利益，他們不會有第二選擇，什麼威武不能屈、貧賤不能移，那只是傳說，在普通人身上並不適用，提高費用對於他們來說是好事，病人花費多少可沒有人管，自己賺多少才是醫生們關心的。

看到這群人的表現，魯奇很滿意，他和善地微笑著，對著下面的各位科室主任說道：「具體方案我們改天再討論，但無論怎麼說我都需要大家的支持，只有齊心協力我們才能開創大局面。」

「在這裏我要先宣佈我上任後第一個人事調動，我希望趙依依趙主任能夠擔任行政副院長一職。」

魯奇這句話剛出口，就惹得下面一片譁然，人人都以爲魯奇上任第一件事就是將趙依依踢出去，可他卻偏偏將她提升爲副院長，如此重用讓人看不懂。

在魯奇看來，將趙依依趕走沒有一點好處，他一直自詡爲曹操一般的奸雄，覺得自己在用人識人方面有著不同於其他人的方式。

對於趙依依這個同是海歸的主任醫生，他非常重視，無論從哪方面考慮，讓她留下都比趕走她要合算得多。

至於趙依依的忠誠，魯奇更不擔心，自己可以給她很多，除了院長職務以外，金錢、地位所有的一切都可以。

當他說出將趙依依任命爲副院長的時候，他根本沒想到趙依依會狠狠地拒絕他，更加想不到這位外表柔弱的女人內心如此堅強。

「您上任的第一件事情恐怕是接受我的辭職，我還沒來得及寫辭職申請，但我想那些書面上的東西就免了吧！」

趙依依的面容冷若冰霜，誰都看得出她已心灰意冷，她站起來對周圍的同事點了點頭算是道別，再次離開會議室。

趙燁不是長天大學附屬醫院的人，自然不用辭職，他也站了起來轉身欲走，魯奇先是被趙依依的突然離開弄得沒反應過來，看到趙燁也要離開才清醒過來，趕忙拉住了趙燁。

「我不需要辭職吧，我又不是這裏的醫生。」趙燁撇了撇嘴道。

「趙燁醫生，你是我們學校培養的畢業生，我想你應該爲我們醫院做出貢獻，這樣如何，趙依依主任離開了，主任職位空缺，由你來代理主任一職。」

這是赤裸裸的誘惑，魯奇對趙燁允諾了主任的職位，代理主任轉正爲正式主任只是時間問題。

這樣的籌碼不可謂不大，要知道趙依依三十二歲能夠成爲主任醫生已經是奇蹟，趙依依可是美國名校畢業的博士生。

趙燁雖然有名氣，可學歷差距太大，而且他還太年輕，無論從資歷還是學歷，哪個方面趙燁都不可能當科室主任。

魯奇覺得人無所謂忠誠，只看砝碼夠不夠大，誘惑夠不夠多！

一百萬不夠，一千萬呢？一億呢？

魯奇覺得只要錢夠多，連老爹都能賣！

可趙燁卻根本不吃這套，什麼主任啊、院長啊，在他面前根本就不算什麼，另外魯奇那套狗屁理論在他這裏也行不通。

在趙燁看來，人應該有自己的立場的，如果眼中只有權力和金錢，那這個世界該是多麼可悲。

「對不起，我只是應屆畢業生，主任還是算了吧，留給有能力的人來做吧。再說這醫院我也沒有興趣，對您那些提高待遇的政策更沒興趣。」

「那你想要什麼？」魯奇驚訝地問道。

「我想要的你這裏沒有！」

長天大學附屬醫院裏的確沒有趙燁想要的，相反這裏到處都是趙燁討厭的權利鬥爭，鉤心鬥角，趙燁想要的是那種平靜的，可以安心治療病人的醫院。

或許是受到江海、李傑等人的影響，「國醫」兩個字深深烙印在他的腦海中，他想要的是一個沒有束縛的，可以發揮所長的理想環境。

目瞪口呆的魯奇怎麼也想不到他無往不利的金錢攻勢會在這裏止步，他更想不到趙燁不在乎他的錢，因爲趙燁甚至比他有錢，更不在乎權，趙燁的能力使他在任何地方都能取得更大的權力，趙燁在乎的是趙依依，這個相處了一年多的姐姐。

趙燁緊隨趙依依跑出了會議室，留下一屋子面帶愧色，張大了嘴巴卻不知說什麼的人，這兩人走得瀟灑，可多數人覺得他們這樣不值，在他們看來，爲了一時的爽快，卻失去了太多，爲了生活，有些時候受點委屈其實都是正常的。

趙依依並沒有走遠，她看到趙燁也跟著出來了以後，終於忍不住流下淚來，她一直很害怕，害怕趙燁不會出來，害怕趙燁也拋下她，這次她終於沒有看錯人。

「別哭了，這種鬼地方離開也好。我們到能大展拳腳的地方去工作！」趙燁安慰她道。

「還能去哪裏呢？醫院還不都是這樣。」

「那就自己幹。」

「我們都是外科醫生，不適合開診所。」

「那就開一家醫院，你繼續做院長。」

從上世紀八十年代，中國醫療市場就已經引入市場機制，政府鼓勵企業等醫療機構面向社會開放，以解決醫療供給不足，但經過二十多年的發展，民間力量似乎「有負眾望」，始終在小規模、低水準的小型診所、專科醫院層面徘徊，具備綜合性醫療規模和能力的私營醫院寥寥無幾。

普通民眾對私人醫院的印象基本就是鋪天蓋地的廣告，大量的醫托、騙子，根本沒什麼實力，自身實力弱小，再加上民眾的不信任，讓私人醫院舉步維艱。

其實小醫院也是有苦說不出，他們招收不到好醫生，因爲私人醫院不允許評級，也就是說主任醫生，副主任醫生這樣的頭銜，只有在公立醫院才能得到；其次是資金問題，公立醫院與私立醫院收費差不多，賺錢看似一樣，可實際上公立醫院基本是免稅的，而私人醫院則不同，他們要繳納大量的稅，差距很容易顯現出來。

私人醫院看似賺錢，其實都是假像，他們自己有苦說不出而已，醫院投入巨大，收入卻頗少，因此精明的商人根本不願意投資醫院，所以趙燁開醫院這個想法剛剛提出來，趙依依就笑了。

趙依依很感激趙燁爲她所做的一切，可對開醫院這個想法則不支持，她拍了拍趙燁的肩膀道：「別傻了，開醫院哪有那麼容易，我們是外科醫生，我們的舞台就是手術台，特別是你這樣的醫生，離不開大醫院的手術台。」

「難道你要跟那些私立醫院的醫生一樣，天天在門診裏給人做包皮切割手術？想想，那是多麼可怕啊！」

趙燁其實開始就是想安慰一下趙依依，可現在他卻覺得自己開醫院也是個好辦法。

趙燁的錢放在銀行卡裏一直不知道幹什麼好，給了家裏一些，爲病人花了一些，可那只是零頭。

如果開辦一家醫院，一億或許建不了一個非常大的醫院，但是規模小一點的卻夠了，趙燁越來越覺得這個辦法不錯。

賺錢不賺錢無所謂，能維持運轉就行，最主要的是這種醫院自由，沒有那些所謂的鉤心鬥角，趙燁可以全心全意地醫治病人，享受治病救人那種成就感，院長可以讓趙依依擔任，而趙燁則專心開刀手術治病。

至於手術，趙燁對於現代的大型設備並不是那麼依賴，他可以用一般的設備來手術，至於小醫院能否吸引病人趙燁也不害怕，只要有技術，順利完成幾台大手術，病人自然會多起來。

面對趙依依的質疑，趙燁不以爲然地說：「這個不用擔心，投資我可以解決，至於其他問題就是你這個院長的事情了！你既然要做院長，自然由你來籌備，想像一下，我們自己的醫院，充滿了自由氣息的醫院！」

「你不是開玩笑？真的想弄私人醫院？」趙依依驚訝道。

「開始是開玩笑，但是我現在認真了，其實資金問題好解決，我就有錢……」趙燁慢慢將自己的設想說了出來，雖然只是個大概，卻也說得兩人激動萬分。

最後兩人完全忘記了長天大學附屬醫院的不愉快，乾脆找了個安靜的地方開始詳細討論建設醫院的可能性。

「錢是有了，可是醫院不那麼容易，而且你這錢也不夠多，長天大學附屬醫院的資產大概是十億左右，你這一個億只能建個小醫院，不過對於私立醫院也差不多了，至於細節方面，例如我們醫院的特色等等還需要從長計議。」趙依依托著下巴一副深思的樣子道。

「你別擔心，後續資金還沒到位，易盛藥業那抗癌藥物有我的銷售分成，等那藥物上市了，資金將會源源不斷，所以不用擔心，至於我們醫院的特色，當然是高端手術……」

「那些事情以後再說，弟弟，你可真是不簡單啊，竟然不聲不響地弄了這麼多錢，現在我迫不及待地想要開創我們自己的事業了，看來今天並不是應該悲哀的日子，相反今天是我的幸運日。」

「不過話說回來，你有這麼多錢，早知道就投資給長天大學附屬醫院了，那混蛋魯奇還不是靠著一億元當了院長！」

趙依依說著露出一個俏皮的微笑，「我開玩笑呢，長天大學附屬醫院真是讓我寒心，竟然爲了那麼點利益而讓外人來當院長，這不是明碼標價的買賣嗎，想隨心所欲只能我們自己開辦醫院，雖然有點難度，可我喜歡挑戰。」

「我也喜歡挑戰！」趙燁道。

很多人都以爲這次失敗對趙依依打擊很大，她有可能就此消沉下去，特別是長天大學附屬醫院的那群醫生們，他們都知道趙依依對這家醫院是多麼熱愛，都知道她是多麼拚命地工作才爬到這個位置。

然而在趙依依付出了無數心血以後，長天大學附屬醫院卻拋棄了她，趙依依離開醫院時那落寞的表情大家都看到了，在趙依依離開後，有很多同事第一時間跑來安慰她。

可人們看到趙依依的時候卻驚訝地發現，這位主任醫生竟然沒有絲毫挫敗感，相反還神采奕奕地在家中忙碌著，似乎在爲什麼做準備。

沒有人知道其中的原因，當他們詢問時，趙依依也笑而不答，因此長天大學附屬醫院裏開始流傳趙依依瘋了的傳言，都說她因爲打擊過大在家中瞎忙活……

於是又有更多的人來探望趙依依，可他們發現趙依依跟傳言的不一樣，她根本不見後來的這批客人，這群人通通吃了閉門羹，垂頭喪氣地回去了。

趙依依是故意的，她很瞭解那些曾經的同事，同時也非常痛恨他們勢利眼的行爲。

第一批來探望她的多半是好朋友，他們不顧新院長的臉色，在趙依依與新院長魯奇對立的時候來探望她，而後來這批人根本是來看熱鬧的，他們是來看趙依依是不是真的瘋了，趙依依沒罵他們已經是很給面子了。

那天趙依依與趙燁的離開很是拂了魯奇這位新任院長的面子，他當時極度惱怒，立刻任命了新急救科主任。

長天大學附屬醫院對於趙依依來說已經成爲了過去，她已經沒有任何留戀，她現在的精力全部放在新的醫院上面，他們要建設屬於自己的醫院。

建設醫院並不是那麼地簡單，每個醫生對醫療行業的法規，對私人醫院多少都有點瞭解，然而又不是真正瞭解每一個細節。

在開辦私人醫院方面，趙燁和趙依依都是新手，所以在制定開設私人醫院的目標以後，兩人接下來要做的就是去學習。

學習自然要尋找老師，可趙依依與趙燁根本就不認識什麼私立醫院的朋友，根本不知道找誰去學。

想了半天，趙燁還是決定找李傑，在趙燁的三位老師中，江海是位德高望重的中醫，學識淵博；柳青則是傳奇人物，猶如璀璨的流星一閃而逝；李傑則是一副玩世不恭，醫術高超同時又深入社會，對社會方方面面都很瞭解的人。

當趙燁打給李傑電話時，這位變態大叔正在夜店裏瘋玩，可聽了趙燁的求助後，他立刻飛了過來。

下了飛機，李傑看到接機的趙燁，直接拍著他的腦袋問道：「你小子想好了?這私人醫院可是不好幹的。」

「我想好了，不好幹但是有自由，總比給別人打工好！而且今年的醫改很支持私人醫院。」趙燁笑著說道。

李傑看了看趙依依問道：「你也跟著他一起？」

趙依依點了點頭說：「是的，我會永遠跟著他。」

這句話一語雙關，趙燁沒什麼感覺，李傑卻聽了出來，他思考幾秒鐘後對兩人說：「私人醫院的黃金時期的確要來了，你們的眼光不錯，但是醫療行業水很深，不是光有醫術就可以的，有趙依依幫忙，我對趙燁還能放心點。」

「其實我也幫不上你們什麼忙，最好的學習方法就是自學，我認識幾個開私立醫院的，你們兩個可以去考察學習一下。」

趙燁對李傑的回答並不滿意，沒好氣地說道：「大叔，你白讓我期待了，我以爲你飛過來有什麼好辦法呢！既然這麼簡單，你還飛過來幹什麼？」

「臭小子，當然是擔心你，另外……另外我非常懷念這裏幾家店裏的妹妹，她們說想我了……」

國內私立醫院非常多，可是卻不能形成力量，他們多半都是撈一票就走了，許多醫院根本存活不了幾年。

在數量眾多、水準參差不齊的私立醫院中，趙依依跟趙燁就去哪家考察學習的問題上討論了好一會兒才決定。

現在兩人都是新手，任何醫院都有可以借鑒的地方。

李傑給了兩人一些資料，又幫兩人牽線找到要考察的私立醫院以後，就再也見不到人了。

根據趙燁的推測，肯定是去找那幾個非常想念他的妹妹們去了，當然估計想念的不是他的人，而是他的錢。

最後兩人選擇了一百多公里外的沿江市的一家私人醫院。

選擇這家醫院的理由很簡單，他的規模不大，但卻擁有自己的特色，而且經營狀況良好。

另外一個原因就是這家醫院距離比較近，開車兩個多小時就能過去，很是方便。

開始的學習通常是從最基礎的學起。

趙依依跟趙燁兩人在醫術上的造詣非常深，可對於建設一家醫院、管理一家醫院卻是個新手，要學習很多東西。

醫院名字叫榮光，在當地醫院中並不算有名，沿江市是公立醫院的天下，中心醫院、第一人民醫院、第二人民醫院三家大型綜合醫院幾乎壟斷了所有的患者。

作爲私立醫院，榮光沒有取得絲毫的榮耀，更找不到發展壯大的途徑。雖然外人看來營運良好，但是卻看不到光明的前景。

世界上有很多事情都非常怪異，猶如《圍城》的名言，「有些人想進去，有些人卻想出去。」

在趙燁夢想著自己開辦私立醫院，自由自在生活的時候，榮光醫院的院長卻正在爲手中的醫院發愁。

曾經的他跟趙燁一樣滿懷信心地開辦了醫院，自信滿滿地以爲可以在龐大的醫療市場內分一杯羹。

可事實永遠不是理想中那麼簡單，沿江市城區百萬人口以及下屬縣幾百萬的潛在醫療人口是一塊巨大的蛋糕，可這塊蛋糕卻已經被瓜分完畢。

趙燁在來沿江市以前就已經調查過了，然而作爲新人的趙燁出於對自己的醫院的渴望，覺得經營榮光醫院的老闆，能在這三家大醫院的圍攻下屹立不倒已經算是一份本事。

趙依依是個驕傲的人，當她決心跟著趙燁一起幹醫院的時候，她就計畫好了，要幹就要幹得最好，在榮光這種小地方學習只是事業的第一步，以後她將到更大更好的私立醫院學習，再以後，她還將成爲全國最大的私立醫院的院長。

第六劑

一家醫院的合理價格

對於價格，趙燁思考了很久，也猶豫了很久，這些錢對趙燁來說不是全部，對有些人卻是一輩子都賺不來的。

六千萬並不少，這是趙燁仔細評估後給出的最合理的價格，可王院長顯然對此並不滿意。他甚至不敢相信地看著趙燁說：「你這是毫無誠意，我對醫院的投資都超過了一億，可你卻僅以六千萬的價格購買，如果這樣，我寧可繼續經營。」

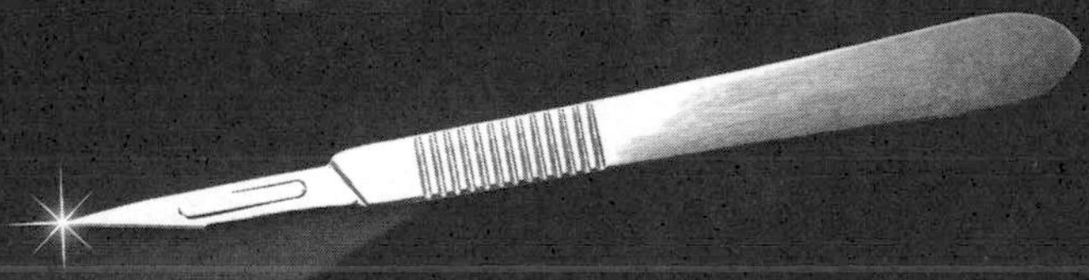

趙依依驅車趕往沿江市的時候，她甚至都不知道這榮光醫院的老闆姓甚名誰，她今天來榮光醫院只是見識見識，熟悉一下這醫院到底是怎麼操作的，跟公立醫院到底有什麼不同。

榮光醫院並不大，一棟四層的門診樓，還有一棟六層的住院部，三百多個床位，工作人員百十個左右。

私立醫院在哪個方面都比不了公立醫院，趙燁與趙依依很清楚這點，所以他們也不在乎這醫院是不是很小，來到這裏以後直接進入正題，考察。

「咱們是自費考察，可不能馬虎。東西看好了，人也看好了，更要好好學習。」趙燁下了車以後對趙依依說道。

「放心，公費考察咱也沒馬虎過，先去找院長吧！」趙依依微笑著回答道。

其實這小醫院除了開業的時候接待過一次市領導外，再也沒有接待過什麼人，李傑這次介紹兩個人來學習，院長也沒當回事。

他以爲趙燁跟趙依依就是兩個醫生，來自己這裏學學，然後回家開個診所，根本不值一提。

他甚至還奇怪李傑怎麼會認識這樣的小醫生，並且還介紹到自己這裏來。

而趙依依在看到這位姓王的院長時，也沒把這個穿著休閒裝，留著板寸頭的中年男人放在心上。能開醫院的確有點能力，可這家小醫院比起長天大學附屬醫院差了太多。

從門口走到院長辦公室，趙依依粗略地估計了一下，這醫院裏患者非常少，她甚至覺得這醫院的效益恐怕比不了大醫院的一個科室收入多。

趙燁有一個特點就是從來不輕視任何人，他對王院長很客氣，乖乖地自報家門，說明來意。

王院長其實是很傲氣的一個人，比趙依依還要傲。

他接受這兩個人是因爲給李傑面子，這幾天他心情並不好，可是李傑的面子不能不給。

李傑的身分不僅是醫生，他更是明珠集團這個經濟大帝國的股東，王院長可以不開醫院，可他不能不做生意，所以李傑不能得罪。

萬般無奈之下，王院長對趙燁、趙依依只能笑臉相迎，並且陪著他們在醫院裏考察一下。

「兩位辛苦，我已經準備好了酒席給二位接風。」

「不用客氣，我們兩個人在路上吃過了。這次來給您添麻煩了……」

客氣話總是讓人討厭，卻又不能不說，雙方寒暄了一陣以後，開始進入正題。

王院長以爲兩人就是普通的小醫生，所以對於所謂的考察也沒放在心上，只是在醫院逛了逛，一邊走一邊閒聊著。

「二位現在在哪裏高就啊？」王院長問。

「我剛畢業，還沒找到工作。這位是我姐姐，也剛剛辭職。我們兩人不想去上班了，所以想自己幹！」趙煒實話實說，

王院長更加堅定了自己的想法，這兩個人就是來看一圈然後回家開小診所的。一個是畢業生，一個是辭職的醫生，看來也都是醫務人員，卻不是什麼頂尖的人物。瞭解了對方，這次考察也容易多了，對什麼人說什麼話就是他待人的原則。

「其實私人醫院說起來也簡單，先投入資金、引入人才、擴大宣傳，然後治病救人，慢慢積累聲望，一點點壯大！可這些做起來就很難了。」

王院長一邊走一邊說道：「我這醫院硬體投入了七千萬，其他亂七八糟的加起來投入了一億多，幹了三年才有今天的成績，私人醫院不好幹啊。」

「投入有點大，這醫院竟然花了一億多！」趙煒摸著下巴道，他以爲這小地方最多五千萬。

「醫療設備太貴了，我這裏設備好多都是二手的，通過關係買來的大醫院淘汰的。例如我們的CT是……」王院長得意地說著他的設備。這些東西在大醫院不行，但在這種小醫院

擁有這些東西卻很難得。

「這些設備是貴了，其實有設備不如多弄點人，設備並不是主要的，好醫生用差一點的設備一樣能分析出病情，我們以後不用買這些東西。」

趙燁這話是對趙依依說的，可王院長卻聽得一清二楚。

他瞥了一眼趙燁，心想，這小子口氣真大，他雖然是個商人，可也不是對醫學一竅不通。趙燁口中的好醫生他只見過幾個，這個小醫院怎麼可能請得來呢？

所以在他看來，趙燁就是大言不慚地吹牛。榮光醫院裏的醫生都是他花費了大量精力與金錢聘請過來的，可趙燁說的那種人卻一個沒有。

離開放射科，王院長又帶著他們來到外科，榮光醫院比較小，劃分得沒有那麼細緻，外科只分爲一般外科、骨外科，只能治療一些簡單的外傷。

然而外科的醫生卻不少，此時這群醫生正在辦公室進行全科大討論，似乎是一個病人的情況複雜弄不清楚原因，趙燁兩人跟王院長悄悄地站在最後面，聽這群外科醫生進行探討。

「這患者根本看不出有什麼病，現在應該立刻把人轉走。」

「轉走？昨天他來的時候只是腳沒有知覺，現在連手臂都不能動了，他根本不同意轉院！現在我叫你們來是討論如何治療，我想他應該是神經纖維瘤，但具體長在哪裏我們還不清楚。」說話的是外科的主任醫生。

「設備太老了……」

「就是，破東西根本看不出來……」

醫生的抱怨讓王院長臉色很難看，特別是在趙燁與趙依依兩個外人面前，他覺得很丟人，於是輕輕咳嗽了幾聲。

眾位醫生這才發現院長來了，於是不再抱怨。正待他們準備向院長詢問解決之道的時候，發現院長身邊那個高個子面容清秀的小夥子走了上來，可沒人注意他，人們關注的是院長身邊的趙依依，美女到哪裏都是焦點。

趙燁摸著下巴看著牆上的X光片與CT片子，這都是老機器照出來的，比起長天大學附屬醫院的差很多，更比不了國外的。

可這些東西在趙燁眼中並沒有什麼區別。他拿著片子在眾人不屑的目光中輕輕說道：「胸三、四占位性病變，並不是很難解決。」

沒人相信趙燁，甚至有兩個人忍不住笑了，誰都不相信趙燁這個年輕的醫生能夠在這麼老舊的片子上看到東西。

「這裏，大家看這裏的密度生了變化，亮度雖然看起來沒有變化，但是仔細觀察就會發現這裏有問題，應該有少量出血積聚在腔隙內造成了擠壓，根據患者的情況……」

隨著趙燁的講解，越來越多的人開始明白其中的問題，漸漸的，這群醫生開始佩服起趙燁這個年輕人。

眾人驚訝過後又開始討論病情，討論如何手術的問題。

趙燁看著這群醫生，緩緩說道：「還不快去手術，等一會兒出血過多，患者昏迷了，恐怕更難辦。」

趙燁說完卻沒有一個人動，他知道這手術在私人醫院根本沒有人能做，很簡單，因爲這手術對他們來說很複雜。

趙燁歎了口氣，這手術還得他來做。

榮光醫院的特色醫療是婦科、男科還有口腔科，許多私人醫院都選擇這幾個科室作爲特色，不是因爲賺錢，而是因爲這些科室的疾病相對其他科室來說簡單很多，容易治療。

私人醫院一般科研能力比較差，醫務人員的實力更是比不上公立醫院，再加上設備的限制，所以私人醫院根本不可能將心胸外科、骨科等作爲重點科室。

這個並不困難的手術在這種小醫院竟然無人能做，如果放在長天大學附屬醫院，副主任醫師級別的都可以做，就連趙依依這種急救科主任都能完成這個神經外科手術。

當趙燁進手術室時，王院長擔心地問趙燁：「有把握嗎？我們還是先弄下手續吧，你算是外聘的專家吧！再去讓患者簽個手術同意書。」

「他手能動嗎？他家屬在嗎？如果回答都是否定的，那麼就快點去手術，一會兒出血過多他就昏迷了，顱內壓高到一定程度可是要死人的。」趙燁淡淡地說道，其實這手術他完全可以不參加。

畢竟這醫院又不是他工作的地方，雖然是醫生，但不是在任何地方都能救人的。

然而現在考慮不了那麼多了，患者的生命是最重要的，那患者認定了是這醫院的問題就是不轉院，害怕榮光醫院推脫責任，而醫院的確沒什麼責任，想讓他轉院又不能，想治療又沒有技術。

如果不是趙燁來了，恐怕王院長這次就栽了，萬一患者死在醫院，又是一個說不清的醫療糾紛。

因此趙燁去手術室，王院長也沒敢多說什麼，只能祈求老天保佑趙燁剛剛的神奇不是蒙的，更祈求手術能成功。

行家一出手就知有沒有，等趙燁拿上手術刀的時候，再也沒有人有意見了，趙燁的手術刀玩得絕對一流，即使在他沒有跟李傑學習之前也非常具有迷惑性。如今趙燁已非昔日的菜鳥實習醫生，他在手術台上分明是一流的醫生。

三個小時以後手術結束，趙燁遊刃有餘地完成了手術，患者得救了。然而榮光醫院的醫生們卻有些不是滋味，這小子明明才二十多歲卻如此厲害，再看看自己，心裏難免有些酸酸的感覺。

王院長一直在辦公室等結果，當聽到手術成功時，他竟然激動地跑了出去，看到趙燁以後激動地拉著他的手說道：「真是太謝謝你了，沒有你在這裏，我這患者還真不好辦，你有這樣的才華，不如跟著我一起幹算了，我可以給你一份讓你滿意的薪水。」

趙依依有些想笑，趙燁這樣的醫生，他這樣的小醫院根本請不起，如果趙燁出國，以他的手術技巧每年弄到百萬美元也很輕鬆，榮光這樣的醫院又能給趙燁多少。

「實在不好意思，我還是想自己開醫院，這樣自由一些。」

王院長知道自己有些心急了，於是決定慢慢來，他正準備再說些什麼，趙依依卻笑顏如花地說道：「今天有些晚了，我們就先回去了。」

王院長看著兩人的背影消失在視線之中，一個人繼續巡視著醫院。

這醫院他幹了三年，三年的時間不長，卻讓醫院雪白的牆壁變得有些珠黃，也讓他的雄心壯志漸漸被磨滅。

王院長走到外科正趕上他們要下班，看到院長來了，這些醫生又都跑回工作崗位，離下班時間還有半個小時，可誰都知道這個時間沒病人，所以提前下班幾乎是所有人的共識。

外科今天其實挺丟人的，差一點惹上醫療糾紛不說，還在一個二十歲的小夥子面前抬不起頭來。

外科主任是王院長高薪挖來的老醫生，五十多歲的年紀，操著口方言對王院長說道：「院長，今天那小子什麼來頭？您真的準備把他調外科來？如果他來外科我可不幹，他來了我就走，我絕對不給小孩子打下手。」

王院長本來就爲今天的事情惱怒，聽了老主任的話更是氣不打一處來，拿著最高的薪水卻不能解決問題，事後還在這裏要性子。

然而，持相同想法的醫生不是只有他一個，其他幾個醫生也跟著主任一起說道：「院長，您可不能爲了那小子辭了老主任啊，怎麼說那也是個外人，如果你這麼幹，可是寒了大家的心啊，我們絕對不答應。」

王院長冷笑了幾聲，語氣裏透著陰冷道：「我早就知道你們是個小團體，想逼宮是麼？

不幹就算了，正好你們的合同快到期了，想走就走。」

「我的醫院容不下你們這群名醫，以後想去哪裏就去哪裏。不過你們的合同還有兩個月，都給我老實待著，這期間要是誰敢鬧事，別怪我不客氣。」

王院長的態度讓人不敢相信，趙燁厲害是厲害，可人家早已經擺明了不來榮光，然而王院長還是想辭退這些醫生。

榮光醫院開辦了三年，高薪聘請了一群醫生，然而這些醫生在王院長眼中沒有一個能對得起那份高額的薪水。

三年對於私人醫院算是個重要的輪迴，政府對私人醫院的免稅期只有三年，很多醫院都是死在第三年。

王院長今天看到趙燁以後，思想上突然有了大轉變，他也終於明白了爲什麼自己花費了大量心血的醫院卻沒有起色，主要在於人才。

這群醫生雖然是他花費大量心血挖來的，可業務水準還是太差。趙燁不過是個未畢業的學生，但他是李傑介紹來的，所以王院長猜測他跟李傑有點關係，或許水準高一些。

但自己醫院的醫生太不爭氣，那麼一個小手術竟然也不能做，此刻他已有些心灰意冷。

前些日子他就開始考慮醫院還要不要經營下去。如果經營下去，恐怕會虧錢，如果不經營，這投資還沒收回來，王院長總是有些不甘心，如果有想要開辦醫院的人接手還好，否則真沒什麼意思。

突然他想到了趙燁與趙依依，可隨後又搖了搖頭，這兩個人醫術或許不錯，可怎麼看都不像有錢的樣子，王院長左思右想最後決定還是去試探一下，萬一兩個人的財富跟醫術一樣驚人，錯過了豈不是要後悔一輩子？

下了手術後，趙燁就覺得餓了，於是拉著趙依依離開醫院直奔餐館。

以前趙燁餓了都是去吃自助餐，秉持扶牆進去，扶牆出來的原則，每次都不吃虧。

趙燁原本也想去吃自助餐，可一想自己狼吞虎嚥的跟趙依依太不相配，而且自助餐廳也不是說話的地方，於是找了家環境優雅的餐廳。

趙依依生活很講究，點了幾個精緻的小菜後又要了一點喝的東西，然後心情大好地對趙燁道：「開私立醫院並沒有想像的那麼困難，根據今天的所見，我覺得私立醫院最重要的就是人，如何能吸引人才是關鍵。」

趙燁點了點頭道：「沒錯，人才是關鍵，但這只是表面，或許還有我們不知道的東西。」

「別的東西看不出來，但是那老王的醫院開不下去了是真的，你看看他的病人少得可憐，就連CT機都那麼閑。你再看看咱們長天大學附屬醫院，病人源源不斷，簡直是兩個極端。我看這醫院完全不像外面傳的那樣營運還不錯，根本用不了多久就要倒閉了。」

「倒閉？不會那麼嚴重吧，他投資那麼多，說倒閉就倒閉了。私人醫院看來不好幹啊！」

「害怕了？」

「沒有，我只是在想，他不幹了，我們來幹如何？沿江市經濟不錯，醫療市場廣闊，我們來做肯定會比他做得好。」

「其實最主要的是，我想要找到一個醫院，可以立刻營運的，如果我們從頭開始，恐怕需要很長時間。」

趙燁說的也是事實，他是個急性子，如果從頭開始建設一家醫院，恐怕要準備兩年，如果直接買過來就不一樣了。

趙依依比趙燁理智得多，考慮的東西也多，她不同意趙燁這樣著急：「這件事慢慢來，我們不能著急，這關係到你以後的事業、生活等許多方面。」

這道理趙燁也懂，於是不再糾纏，低頭吃飯。可沒一會兒，趙燁的手機就響了，低頭一看，竟然是剛交換了電話號碼的王院長。

趙燁不由得苦笑著對趙依依說道：「我們不著急，可是有人著急啊，這麼快找我們是不是真想賣醫院啊？」

「不理他，先吃飯！他越著急賣價越低。」

「姐姐，你是奸商還是醫生？我看你怎麼越來越像奸商啊！」

奸商兩個字用在趙依依身上還是太過了，她跟純潔的趙燁比起來算奸了一點，但比起那些真正的商人，她實在是太純潔了。

在趙依依算計人家醫院的時候，那王院長也在算計他們，想賣醫院卻偏偏不說。他每天找趙燁聊天，天南海北，偶爾會把話題拉到開辦醫院上來。

從第一天給趙燁打電話起，王院長沒少邀請兩人出去玩，不是高爾夫球，就是雞尾酒會，在玩的過程中順便討論一下醫院，但從來都是點到爲止，恰到好處。

王院長是成了精的人物，能從幾句話中推測出對方到底在想什麼。跟他接觸一段時間後，趙燁發現了，這傢伙說話猶如手術刀，鋒利無比，狠辣精確，但卻總是能說到點子上，卻又不傷到你。

時間一天天過去，趙依依發現自己所謂的奸商本質根本就一點小聰明，對於王院長這樣的老狐狸根本就是小兒科。

事實上趙依依在醫術上，搞科研上的確是頂尖的聰明，可在其他方面卻很一般，否則她也不會丟掉長天大學附屬醫院的院長職務，更不會總是吃虧。

趙燁雖然是個實習醫生，同時也是剛剛踏入社會的菜鳥，一切都在學習當中，在王院長眼中趙燁還嫩了一點。

所以，開始的時候，王院長還以爲兩人中趙依依才是難對付的，可時間長他卻發現趙燁這小子也不簡單，在自己試探他們兩人的同時，趙燁也在觀察他。

又接觸了幾次之後，王院長終於發現，趙依依雖然擁有主任醫師的職稱，看起來是趙燁的上司，然而，兩人中真正有決策權的卻是貌不驚人的趙燁。

這天，王院長在家中開聚會，很私人的聚會，只邀請了一些醫院的醫生以及趙燁跟趙依依。

趙依依對沒完沒了的聚會已經有些厭倦，可王院長遲遲不開口，他是不是真的想要賣醫院，趙依依都已經沒有了把握，每天這麼耗下去也不是辦法。

她想拒絕這次邀請，可趙燁卻不這麼認為，從這些天王院長有意無意的話中，趙燁能感覺到，王院長其實急著將醫院脫手，從醫院員工的工作態度也能看出來，院長已經對這個醫院不那麼上心了。

事實上，也的確如此，當他斥退了那些外科醫生的時候他就下定決心了，如果醫院不能脫手，他將對醫院進行重大改革，再拖一年看一看業績再說。

然而他還是希望能有人接手醫院，改革只是最後的辦法，他總不能讓自己的命運掐在別人手中。

現在醫院最好的出售對象就在眼前，趙燁有多少錢王院長不知道，可他知道這是個懂行的人，絕對不會低估了醫院的價值，趙燁這樣的人更不是那種奸商，專門落井下石、趁火打劫的。

每次見面王院長都喜歡天南地北地亂聊，可今天王院長卻出乎意料地聊到了敏感話題。

「今天是私人聚會，好好玩，不要客氣！」王院長說道，「來我這裏這麼久了，也不知道你們對私人醫院考察學習得怎麼樣了，最近有什麼打算，如果有問題可以直接問我。」

趙依依一直站在趙燁身後，今天她打扮得非常漂亮，非常適合這種場合，無論走到哪裏都是光彩照人。

她沒等趙燁開口，搶先說道：「王院長客氣，您的熱情款待都讓我們有些不好意思了。真想多在您這裏待一陣子，可我們沒時間了，我已經與弟弟商量好了，過兩天就去下一家醫院考察學習。相信用不了多久我們就是同行了，到時候還要王院長多照顧啊。」

王院長心中一凜，他知道再不說恐怕沒機會了，他知道自己同行們的處境，多半私人醫院都是半死不活，苟延殘喘，更知道他們厲害的手段，弄不好這兩個人就買了其他醫院。

「我比你們虛長幾歲，也早入行幾年，其實我一直都想跟你們說，私人醫院不好幹啊！」

王院長歎了一口氣繼續說道，「我們這些人看起來風光，實際上壓力非常大。私人醫院政策上支持太少，民眾又不信任。」

趙燁聽王院長訴苦，微笑著說道：「我不求賺多少錢，只想有個能夠安心工作的地方。同時我覺得這也是個機遇，總要挑戰一下，很多事情都必須經歷一次，無論結果怎麼樣。」

手術台上的趙燁有著與年齡不相符的沉穩，很多時候人們都自然地忽略了趙燁的年輕，年輕是不怕失敗的。

王院長早已經不是滿腔激情熱血的年齡，步入中年的他步步求穩，容不得半點失誤，然而趙燁一席話還是讓他頗有感觸。

「我就喜歡你這樣的年輕人，彷彿又讓我回到了那個激情四射的青年時代……不管怎麼說，我們相交這麼多天也算是朋友，我想知道你們的計畫是什麼，也可以給你們一些建議。」

「其實我們的計畫很簡單，還是那句話，給自己找個地方安身立命。我沒什麼遠大目標，就是開心幸福地生活，安安心心地做我喜歡的手術。」

趙燁的話聽起來似乎是在敷衍，可這的確是實話，王院長也看出趙燁沒有騙人。

「不知道王院長有什麼好的建議，我們兩個人不能總是這麼混下去，我們想找一家醫院直接買下來。」

趙依依這話算是很直接了，這些天她很焦躁，非常想將這件事解決，今天正好抓住機會，將想法直接說了出來。

王院長見趙依依如此直接，自己再繞彎子也不好了，於是他打起十二分精神問道：「你們看我的醫院如何？」

「投資太大，技術不精，在沿江市這地方很難出頭！」趙燁實話實說，這是他跟趙依依兩人對榮光醫院共同的感覺。

「你說得沒錯，這醫院耗費了我無數心血，可效果並不怎麼好，這三年時間算是浪費了！」

「私人醫院看似風光可是卻非常不好幹，可是如果你們接手，我相信定會不同。醫院辦好了其實很簡單，只要你把患者的病治好了，所有的問題都解決了。你們兩位醫術高超，我想這都不是問題。」

趙燁瞇著眼睛微笑著對王院長道：「王院長似乎有意轉讓醫院，可惜您這醫院太貴了，我買不起。」

「另外你這醫院在第一人民醫院、中心醫院、第二人民醫院三家三甲醫院的圍攻下很難有什麼作爲。我對醫院要求不高是不假，但我也不想要這麼三座大山，想要在這裏突出重圍太難了。」

趙依依很怕趙燁一口答應王院長，當她聽到趙燁的話後終於鬆了一口氣，這個年輕的弟弟成熟了許多，再也不是那個簡單的少年了。

「這些都不是問題，其他地方也都競爭激烈，而且價格也少不了。如果你們有興趣，我想榮光的價格你們會滿意。」王院長笑呵呵地說道，「你們是李傑介紹來的，我跟李傑是好朋友，放心，我不會要你們高價，不如你們考慮一下。」

朋友是朋友，生意是生意。

趙燁的確想快點購買醫院，也對王院長的榮光醫院感興趣，然而這不代表他願意高價購買醫院。

王院長做了一輩子買賣，典型的商人思維，雖然他口頭上稱趙燁爲小兄弟，這兩天在一起玩得也頗爲高興，然而雙方都不覺得是真正的朋友。他們聯繫在一起的紐帶是生意，無論從哪方面，趙燁都不會單純地將這位院長當成好朋友，更不會傻到任由擺佈。

「你不用著急，可以再考慮一下。醫院的資料我可以給你看一看，至於價格，你可以看了以後再報給我。」

趙燁嘴角翹起一個並不明顯的弧度，別有意味地笑道：「明天中午我請王院長喝茶。」

王院長沒想到趙燁會把時間定在明天，他很高興趙燁能這麼快亮出底牌。

對於趙燁欣賞歸欣賞，但他卻不覺得趙燁能超越自己，起碼現在不能，他現在要做的就是等到明天，等著他亮出底牌。

趙燁再也不是那個把十塊錢分成兩份，一天花五塊錢的窮學生。

如今的他也算是個小小的有錢人，許多人有錢了是在想方設法的享受，特別是像趙燁這種窮了許多年的人，突然間成了暴發戶，那份奢侈多半是讓人咂舌的。

如今的趙燁依舊是那身洗舊了的牛仔褲，上身穿著休閒夾克。看不出有錢，更看不出是個醫生。

剛剛邁入社會的趙燁還有幾分學生氣，可內心裏他早已經不把自己當成學生，更不是小孩子。

早春的清晨依舊有些寒冷，趙燁卻早早起床在外面跑了一圈。這些天趙燁一直都保持著這個習慣，不管第二天晚上是多晚睡的，第二天總是早早起床。

現在趙燁背誦中醫藥歌賦已經不唱歌了，因爲他找到了更好的辦法。寫！

俗話說，好記性不如爛筆頭。寫能讓人精力集中，趙燁又是很勤快的人，現在的閒暇又很多，於是每天早上趙燁就開始寫。

趙燁選擇了毛筆，當然從來沒練習過毛筆字的他，在生紙上留下的痕跡有些慘不忍睹。可這絲毫不影響他的興趣，每天他總是帶著二十分的熱情去練習，他臨摹的都是中醫典籍，江海留下來的典籍雖然比不上什麼大書法家的字，但飄逸的字裏透出一股靈氣，對於趙燁這種初學者足夠了。

趙依依看不懂趙燁怎麼能在這種時候還心平氣和地站在寫字台前執筆寫字，勢如泰山，巋然不動。

距離昨天約定的時間還有兩個小時，從昨天開始趙燁就變得很沉默，似乎一切都成竹在胸，一切都在掌握之中。可趙依依卻什麼都不知道，她根本不知道趙燁的計畫是什麼。

趙依依終於受不了趙燁的沉默了，跑到趙燁面前氣鼓鼓地說道：「你到底在想什麼，那醫院的底細你都弄明白了麼？不知道你是怎麼想的，還有心情在這裏寫字，難道你不知道今天就要談收購醫院的事了嗎？」

「也沒什麼好看的，榮光醫院的所有細節我們都看過了，該看到的都看到了，看不到的東西再去一趟也沒有用。今天我打算簽下合同，買下榮光！」趙燁說著寫下最後一筆，然後穿上外套：「時間差不多了，我先去了。」

趙燁離開得很快，披上衣服風一樣地走了。趙依依反應過來的時候趙燁已經走遠了，她歎了口氣，走到他剛剛寫字的位置，寬大的寫字台，平鋪的宣紙上龍飛鳳舞地寫著幾個大字，「一鳴驚人」！

字算不上漂亮，然筆跡卻非常有氣勢。

趙燁還年輕，還要有很多東西要學。此刻的他處在一個非常重要的上升時期。趙燁不想錯過任何一個機會。

原本他只是一個單純的醫生，來考察私立醫院也沒有太多的想法，正如開始那樣，只是想找到一個安心工作的地方。

可漸漸地，趙燁發現私人醫院大有可為。如今不賺錢都只是暫時的，政策上吃虧也是如此。隨著社會的發展，私人醫院會越來越受到重視。

剛剛走入社會的趙燁不願意放棄任何機會，寧可錯殺一千也不可放過一個。私人醫院是個好機會，趙燁不願意放棄這個莫大的機遇。

當然機遇也是挑戰。

在私人醫院經營普遍低迷的情況下，趙燁卻勇敢地殺入這片市場，在這個時候進入無疑算是先行。

先行永遠都要面對最大的風險，也拿著最豐厚的報酬，當然前提是能夠堅持下來，更是要有實力堅持下來。

喝茶的地方是一家頗為有名的茶樓，古色古香的建築讓人猶如置身於電視劇中的大宅院，精緻的白牆黛瓦，紅木桌椅，微風時而送來陣陣茶香。趙燁這個北方人可從來沒到過這種地方，如果不是請王院長，恐怕趙燁一輩子也不會想到還有這樣的地方。

茶館門口的迎賓小姐相貌清秀，高開的旗袍下隱約可以窺到她們的美腿，然而趙燁卻對此視而不見，一步步走到約好的位置，靜靜地等著王院長到來。

王院長今天穿得很正式，西裝革履，腋下還夾著包包，一副職業經理人的架勢，在迎賓的帶領下，他很快找到趙燁。

「久等了，路上塞車，還請恕罪啊！」王院長笑著坐在趙燁對面，等候在一旁的服務員不等趙燁說話，開始爲兩人沏茶。

「王院長不必自責，我也是剛到，我們都是熟人，不如直接進入主題，現在我看好了你的榮光醫院。」

趙燁瞇著眼睛微笑著說道，「王院長也願意忍痛割愛，不如我們現在就劃下價來。」

王院長似乎適應了趙燁這種咄咄逼人的氣勢，緩緩地從包裏掏出一打資料放在桌子上說道：「這是醫院所有的資料，記下了我建立榮光所花費的所有心血，如果你要接受榮光，必須知道這些。」

趙燁笑了笑，品了一口香茗，卻沒有看那份資料，淡淡地對王院長說道：「我知道醫院對您來說很重要，花費了無數心血，所以我給您一個合理的價錢，六千萬。」

對於價格，趙燁思考了很久，也猶豫了很久，這些錢對趙燁來說不是全部，對有些人卻是一輩子都賺不來的。

六千萬並不少，這是趙燁仔細評估後給出的最合理的價格，可王院長顯然對此並不滿意。他甚至不敢相信地看著趙燁說：「你這是毫無誠意，我對醫院的投資都超過了一億，可你卻僅以六千萬的價格購買，如果這樣，我寧可繼續經營。」

「王院長不用著急，醫院的價值我們都清楚，我這個價格給得不低，你的確投資了一億多，可是你要想想，你的醫院除了土地升值了少許，其他所有的東西都在貶值，現在無論如何也不值一億。」

「現在醫院裏的醫生還有很多合同沒有解決，這些都是沉重的包袱。你知道我不會續簽這些醫生，我會去尋找一批好苗子。」

「最重要的是你醫院已經開辦了三年，你明白三年意味著什麼，三年的優惠政策結束，醫院要繳納高昂的稅費，這都是不小的壓力。」

「如果高於六千萬，我寧可自己去註冊一家醫院。我還年輕可以等，而你則不同，現在你走在十字路口上，是繼續還是轉業，我想很多醫生都在等著你重新給他們一份合同吧。」

「最後，你這三年在沒有稅務的情況下也賺得不少，相信你不會虧本。」

趙燁的話平淡得猶如無風的湖面，然而在王院長耳中卻字字如炸雷一般，他不知道趙燁怎麼變得如此精明，竟然不聲不響地將一切都調查得非常清楚。

作為醫院的掌管者，王院長知道趙燁的價錢並不低，可人總是貪婪的，能多得一毛就會多得一毛，何況眼前是這麼大的一筆財富。

王院長內心掀起了驚濤駭浪，表面上卻波瀾不驚，緩緩開口道：「小趙啊，你這個價錢很不合理，最少七千萬。我這麼大年紀了需要養老錢啊。另外這醫院你還有很多沒看到的價值啊。」

養老用七千萬實在誇張了點，趙燁暗自冷笑，針鋒相對道：「友情歸友情，生意歸生意，我很想多給您點，可是榮光醫院的確只值這個價格。」

「對於所謂隱藏的，沒看到的價值，我還沒看到。我看到的唯一隱藏的東西就是附近居民對我們醫院的不信任。這三年醫院救活了多少患者我不清楚，但是醫療事故有幾起我卻清清楚楚。」

趙燁始終瞇著眼睛微笑著，說話也不疾不徐，然而卻咄咄逼人，王院長這才發現自己小看了趙燁。

醫院這幾年來患者越來越少，雖然廣告鋪天蓋地，可留給附近居民的卻是惡名。

王院長擦了擦額頭的汗水，終於鬆口，輕輕說道：「好了，就訂這個價格吧！我們選個日子簽訂轉讓合同吧，以後榮光醫院就是趙燁小兄弟你的了！」

「多謝王院長割愛了！」趙燁微笑著舉起品了一口的香茗，清香入肺，此時耳邊響起古箏名曲《平沙落雁》。

音律多變，不可窺視，意味深幽，宛如秋高氣爽，風靜沙平，雲程萬里，天際飛鳴。

趙燁很喜歡這首曲子，更喜歡其寓意，借鴻鵠之遠志，寫逸士之心胸！

第七劑

流氓不怕痛的原因

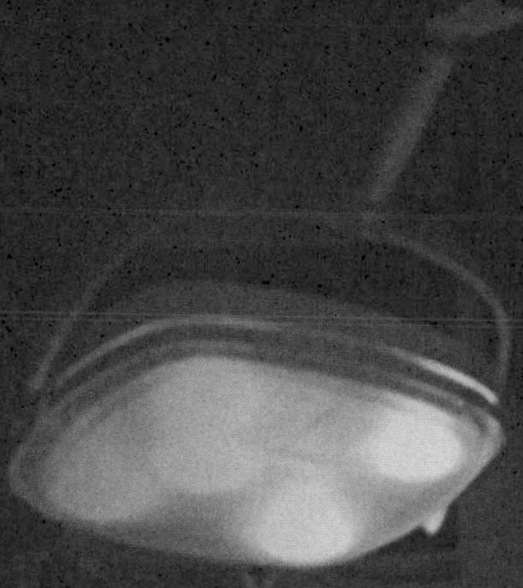

兇惡的人其實多半很軟弱，正如會叫的狗不咬人，咬人的狗多半不會叫一樣。

李強沒有說話，任由趙燁給他處理傷口，他應該很痛，可是他卻表現得好像沒事一般。

作為醫生，趙燁不覺得這是英雄氣概，這樣劇烈的疼痛是一般人忍不了的，於是趙燁偷偷拿了一根針在李強的另一支健康的手臂上扎了一針，沒有絲毫反應。

榮光醫院不大，卻是很多醫生們的夢想。很多醫生都想要自己的醫院，細說起來，這種夢想源於工作的勞累以及職業壓力過大。開辦醫院似乎都是賺錢的，然而這幾天對於醫院的調查，讓趙燁知道了醫院不一定賺錢，正如醫術好的醫生不一定知名，更不一定賺錢。

從實習醫生到名震四方的主刀趙燁沒用多長時間，從一文不值再到收購榮光趙燁更是神速，從小醫生一躍成為私人醫院的擁有者。

這些天趙燁明白了很多，也學會了很多東西，例如如何跟商人打交道，如何將底牌隱藏起來，如何為人處事。

同時他也發現自己只不過是井底之蛙，回到住處跟趙依依複述了一遍今天的事情，驚訝的趙依依半天都沒有合攏嘴巴。

六千萬的價錢遠遠低於趙依依的想像，她此刻才明白，這個弟弟的確不是普通的傢伙，醫院的調查是兩個人一起完成的，兩人商量的購買價錢是七千萬，可趙燁卻只用六千萬就買了下來。

「姐姐以後就是院長，我還是小醫生。不過在這之前要先買個房子，弄個住處，不能總是住酒店。」趙燁對著還在為六千萬驚訝的趙依依說。

「沒錯，我們倆看房子去吧，你以後就跟姐姐住一起吧。」趙依依驚訝了一會兒，微笑著對趙燁說道。

看到趙依依的微笑，趙燁打了個冷戰，心裏打定主意不跟這位姐姐同居，萬一哪天要是真的慾火焚身了，恐怕遠在國外的菁菁會飛回來閹了自己。

趙燁趕緊搖頭拒絕，火箭般的躥升並沒有讓趙燁改變什麼，他還是那個剛剛畢業的應屆學生，起碼在趙依依眼中他是這樣的，永遠是那個被自己調戲的羞澀男孩。

在談判中，趙燁表現出超越了年齡的睿智與成熟，可隨後他又將院長的位置交給了趙依依，原因很簡單，趙依依喜歡做院長，而趙燁對權力沒有興趣。

醫院的產權交接很簡單，一切按照規定進行交接，趙燁則付錢接手醫院，一夜之間醫院變成了趙燁的，而院長的名字變成了趙依依。

新官上任三把火，醫院雖然還是那個醫院，可畢竟換了主人，換了院長，但醫院的名字沒有換，依舊是榮光醫院。

趙燁覺得醫院的名字不重要，用心治病救人才是最重要的，接收醫院以後並沒有搞什麼隆重的接收儀式。

榮光醫院平靜如常，彷彿什麼事情都沒發生過，一切手續完畢以後，王院長也離開了醫院，醫院辦公室裏坐著的是趙依依，而外科裏則多了個新面孔趙燁。

這是新上班的第一天，趙燁第一次以醫生的身分上班，趙燁猶如小孩子一般，興奮地早早來到醫院，在醫生辦公室裏整理病例，醫生每天上班的第一件事就是整理病例，開醫囑。很多醫生都討厭這些繁瑣的工作，可趙燁很享受這樣的工作，這就是他想要的。

大約過了一個小時，趙燁將病例檢查完，醫囑也都整理得差不多了，卻發現其他的醫生只稀稀拉拉來了兩個。

時間已經到了八點十五分，超過了上班時間十五分鐘，可還有一些醫生沒來，這讓趙燁大皺眉頭，這些醫生也太懶散了，這麼晚了竟然還不來上班。

看來這榮光醫院的效益不佳是多種原因造成的，醫生們的工作態度也是問題，然而冰凍三尺非一日之寒，破冰也不是一天兩天的事情，解決問題還要一點點來。

趙燁雖然惱怒這群人的工作態度，可也只能把這個問題先放在一邊，等以後慢慢解決。現在他必須去查房，剛剛雖然看了病例，可病例不能代表患者的一切，疾病是一個發展的過程，想要治好病，必須每天都去看病人，瞭解病情，找到切入點下手。

趙燁是個新人，無論在醫生還是患者眼中，這張新面孔都過於年輕了。

在社會黑暗論占主流的今天，多半人都覺得趙燁就是一個紈絝子弟，通過關係進醫院的小傢伙。

對此，趙燁也懶得解釋，他只是低頭做好本職工作，嘴巴再厲害，說得再多，也不如做一件事情來得實在。

榮光醫院的床位不多，外科住院的更少得可憐，趙燁管的只有六個床位有病人，可趙燁絲毫不在乎，無論有幾個病人，認真看病就是了。

十一床的病人是個中年男人，昏迷著躺在床上，頭上用繃帶包紮著。趙燁回憶起病歷上的記錄，這是個顱內腫瘤復發的病人，第一次手術切除了大部分腦組織，智力水準下降，時常癲癇，在CT下可以見到大量腦組織缺損。

現在因為腫瘤復發再次入院，其實誰都明白這患者沒救了，趙燁雖然是很強的外科醫生，但是對這樣的病人依舊沒有把握。

「一會兒來一趟醫生辦公室吧！」趙燁對患者家屬說道。這樣的病人很難處理，救還是不救並不是由趙燁說了算。

他只是外科醫生，就算拚盡全力也只能讓患者清醒，第一次手術已經對患者造成了極大損傷，就算醒了依舊智力水準低下，時常癲癇。

這對於一個普通家庭來說是很重的負擔，而且這家人都是鄉下的窮人，趙燁很想幫他們，但在這方面他也無能爲力，所以是手術還是放棄治療，決定還是要家屬來做。

十二床跟十一床在同一個病房，患者是個小孩子，面色蒼白，呼吸急促。

這孩子是剛收進來的病人，心臟病待查，初步診斷爲室間隔缺損，需要做心臟彩超來確認。

榮光醫院不是很規範，這樣的病人不應該跟那位顱內腫瘤患者住在一起，可是趙燁也沒有辦法，醫院一切都有待改革。

趙燁決定給這孩子換床，不過在這之前他要先做個檢查，確定患者的病情。他用不著做心臟彩超，直接用最普通的體檢就可以。

室間隔缺損的病人，心尖搏動增強並向左下移位，心界向左下擴大，典型體徵爲胸骨左緣到肋間有四五級粗糙收縮期雜音，向心前區傳導，伴收縮期細震顫，靠觀察與聽診器就能診斷。

趙燁清楚地聽到了收縮期雜音，同時也聽到了心尖部的功能性舒張期雜音，這代表缺損很大，這孩子的病情遠比想像中的嚴重。

患者的父母不在身邊，只有一位老人，也就是孩子的奶奶在身邊，她緊張地看著趙燁給孩子檢查身體，這樣的老人都是把孫子當寶貝供著的。

趙燁也理解老人家的心情，所以檢查完以後第一時間解釋了病情。

「孩子還好，目前沒什麼問題，他的父母在哪裏？我想見見他的父母。」

趙燁不打算告訴老人手術的事情，告訴了只會讓她擔心，這種事情還是找孩子父母直接說得好。

老人聽說孩子沒事放下心來，開始了老年人特有的嘮叨。

「孩子的父母不在身邊，都在外地打工，難得回來一次。他身邊就我一個人，我也老了，孩子病了我也沒有辦法……」

老人說了很多，從老人的話語中，趙燁瞭解到這孩子父母外出打工，常年不在家，孩子是由老人單獨照顧的。

可孩子的病不能耽誤，患者心臟病肯定不是一天兩天了，孩子的奶奶不知道，但是孩子的父母不應該一點都不清楚。

趙燁安慰了老人一會兒，再三囑咐要求孩子的父母必須來醫院，手術不能拖，越快手術越好，可在手術之前趙燁必須得到患者監護人，也就是父母的同意。

打定了手術的主意，治療方案也要改變。

趙燁打開孩子的病例，卻發現醫囑上的藥物非常混亂，許多不應該用的藥用了，該用的藥也用多了，完全把這小孩當成了藥罐子。

趙燁皺著眉頭掏出紅筆把醫囑上的幾個藥物給取消了，重新換藥，趙燁用藥很有針對性，絕對不會像其他醫生一樣，爲了賣藥提成而多用藥。

榮光醫院這個小私人醫院實在太混亂，趙燁改簽了醫囑以後暗自搖頭，這醫院不改革是不行的，不管爲了醫院的效益，還是爲了病人，改革都勢在必行。

在接下來的查房中，趙燁發現幾乎每個病人的治療方法都有問題，趙燁每個人都要改醫囑、換藥，病人不多，可每個人的醫囑都要重寫也是一個繁複的過程。

趙燁費了好長時間才寫完醫囑，然而耗費了大量精力的趙燁回到辦公室卻沒有得到任何誇獎，迎接他的反而是一張怒氣沖沖的臉。

「你把藥換了是不？怎麼的，我的用藥有問題？你這是什麼意思，才來一天就換我的醫囑。」一個操著東北口音的大漢怒氣沖沖地對趙燁說道。

「不只是你，以後誰這麼開藥都要改醫囑！」趙燁毫不畏懼，淡淡地說道。

榮光醫院的問題遠不止表面那麼點，醫院雖小可問題卻不少。

對於這些問題，上一任王院長並非不知道，可他從來都是睜隻眼閉隻眼，對此不聞不問。

因為這是行業的問題，其實許多醫院都是這樣，吃回扣多開藥，越是小醫院越亂，越是管理差的地方越是這樣。

現任的院長趙依依也心知肚明，榮光醫院並不是唯一存在問題的地方。在長天大學附屬醫院這種情況也有，但是沒有這麼嚴重。畢竟那醫院是個大型綜合醫院，管理很嚴格，而且醫生的工資獎金夠多，不用掙那麼點錢。

原本這些改革都是要一點點來的，可趙燁卻打亂了趙依依的計畫，上班第一天就觸動了這些醫生們的利益，更直接將矛頭指向了這些陋習。

趙燁的一句話掀起了軒然大波，醫生們紛紛對趙燁指指點點，甚至連護士都來看熱鬧。在普通人看來，醫生多開藥是不應該的，趙燁這樣站出來完全是正確的。可在私立醫院中，趙燁卻成了稀有動物，人人都覺得這小醫生瘋了。

很多人都覺得他太年輕了，屬於書生意氣那種，教育教育也好，因此都跑來看熱鬧。

那位操著東北口音的醫生不服氣地對趙燁說道：「你是哪來的？跑這裏來撒野，我開的醫囑也是你能隨便改的？你知道怎麼用藥麼？」

其他人也是嘀嘀咕咕，都在數落趙燁的不是，這些醫生在榮光醫院賺不了多少錢，這醫院太小病人也不多，這些醫生如果只靠拿死工資賺不了多少錢。但這不是理由，任何理由都不能讓他們把利益建立在別人的痛苦上。

「你用藥不合理，自然要改，其他人也是。我是什麼人不重要，重要的是你醫術不行。」趙燁絲毫不畏懼。

趙燁的話讓那東北口音的醫生兩眼冒火，他握緊了拳頭就要動手。這時門口跑進來一個護士，對著劍拔弩張的外科辦公室說道：「三號手術室準備好了，快點去手術吧！」

那東北口音的醫生似乎對手術很重視，放下緊握的拳頭對趙燁狠狠地說道：「等著，我出來再收拾你。」

「好啊，隨時等你回來！」趙燁冷笑道。

這些醫生能力不怎麼樣脾氣卻不小，趙燁目送那個東北口音醫生走了以後，回頭掃視了眾醫生一眼，這群傢伙一個個幸災樂禍看熱鬧的樣子。

趙燁歎了口氣，榮光醫院還要正常運轉，病人也要看病，否則他真想直接辭退這群醫生，另外選一批醫生，醫術不好可以學，可人品不好，沒有醫德，卻是一輩子的事情。

榮光醫院絕對不能這樣下去，否則開辦一個醫院養這麼一群人，趙燁還不如去其他醫院當個小醫生。

外科醫生同坐在一個辦公室裏，醫生們各自幹著自己的工作，一個個心懷鬼胎不知道在想什麼。

趙燁將醫囑核對完畢，交給護士去配藥，然後便清閒下來，今天他沒有手術，更不需要坐門診。

無聊的趙燁自然是看書，醫生是一門經驗學科，需要長時間積累，更需要長時間學習，所以醫生不忙的時候多半都是在看書。

榮光醫院裏的學習氣氛很一般，這些年長的醫生早已經忘記了學習，每天查房開完醫囑以後他們就在辦公室聊天，或直接回家，他們安於現狀，習慣了這種懶散的生活。

在趙燁認真看書的時候，科室裏其他的醫生卻在偷偷地看他。

醫生們多半沒記住趙燁的臉，可誰都知道他是那天來這裏做手術的年輕醫生。

外科主任那天跟王院長辭職了以後並沒有離開，此時他還留在醫院，畢竟合同沒有到期他必須在醫院工作，另外醫院換了院長，是不是續簽合同他還沒拿定主意。

老主任走到趙燁身邊，很和藹地拍了拍趙燁肩膀說道：「小夥子很不錯啊，這麼努力，年輕人就應該多動腦動手。我今天有兩個門診手術你有沒有興趣啊？病人一會兒就過來。」

趙燁不是小孩子，他剛剛改醫囑的舉動已經得罪了所有的醫生，成爲了公敵，他可不覺得這些人會安什麼好心。

「好啊，老主任你就休息吧，有什麼手術可以交給我！」趙燁瞇著眼睛微笑道。

不管對方出於什麼心理，趙燁都不會拒絕手術，治病救人本來就是醫生的職責，另外趙燁想快點掌握醫院的一切，所以現在無論什麼工作他都會做，到時候這群醫生走了也不至於整個醫院立刻癱瘓。

趙燁在老主任的吩咐下去了門診樓，他前腳離開，外科辦公室後腳就炸了鍋，醫生們將老主任圍在中間，一個個激動地圍著老主任問這問那。

「您怎麼把工作給他了，難道您害怕了？就此退讓了？」一位醫生激動地說道。

「別胡說，主任怎麼可能害怕，他這麼做一定有他的意思。」主任身邊的小醫生維護道。

「這小子根本就不是好東西，上次來手術就讓我們很沒面子，現在又來多管閒事，斷我們財路，哪家醫院不是這麼開藥的，怎麼就他這個小子多管閒事。」

「沒錯，我們一定要把他趕出去，不能留他。」

面對眾位醫生的爭論，外科主任一直眯著眼睛不說話，這些人爭論的他都理解，他比任何人都痛恨趙燁。

上次趙燁的手術讓他很沒面子，甚至讓他憤怒地跟上一任的院長鬧到辭職的地步。

可他並不想辭職，在榮光醫院工作了三年，他已經懶惰了，這裏待遇不錯工作清閒，如果辭職了，去哪裏能找到如此清閒又高薪的工作呢？

老主任抬手示意大家安靜，清了清嗓子，用有些沙啞的嗓音說道：「大家別擔心，你們說的我都理解，現在我們要團結，共同進退，爲了我們的工作，爲了我們的利益。現在那小子去門診手術的病人，你們猜猜是誰？」

老主任神秘地看了眾人一眼，低聲說道，「就是經常光顧咱們這裏的那個豹哥，這小子去了估計有好戲看了！以他的臭脾氣，嘿嘿！」

榮光醫院的外科醫生們沒有不認識豹哥的。其實豹哥年紀並不大，之所以叫他哥，都是那豹哥的虛榮心作怪。

他在附近算得上是一霸，說是黑社會還談不上，不過也是個大混混，打架鬥毆是家常便飯。

可惜他不是武林高手，打架再厲害也是會受傷的，這位豹哥於是成了榮光醫院的常客，不是被刀砍了，就是被磚頭砸了。

飯店有常客，服裝店有常客，醫院裏的常客卻不多，因爲沒有人願意來醫院。

這位豹哥卻是醫院的常客，還是外科常客，他每次打架受傷都來榮光的外科就診，當然他出名不是因爲他來的次數多，而是他來這裏不給錢還打人。

開始的時候，醫生們當然不幹，可是這豹哥脾氣暴躁，他覺得這是對他的侮辱，直接動手打人，錢照樣不給，員警來了，對這個慣犯也沒有辦法，即便當時抓走，第二天也得放出來。

從那次以後，豹哥來榮光醫院看病就沒給過錢，對醫生也是非打即罵，似乎醫生欠了他很多錢一般。

醫生們對這個流氓是敢怒不敢言，誰都不願意去給他看病。

眾醫生聽說趙燁是去給那脾氣暴躁的豹哥看病的時候，人人都充滿了期待，趙燁剛剛在科室裏表現出的耿直脾氣，已經證明了他絕不是輕易屈服的人。

如果他與豹哥相遇必定是火星撞地球，兩個人不打起來才怪，至於吃虧的必定是趙燁。

說不定那豹哥一怒之下，把趙燁打出榮光醫院。

所以外科辦公室內眾位醫生都笑容可掬，都在期待這場精彩表演。

趙燁雖然不知道老主任葫蘆裏賣的什麼藥，可還是去了門診樓，接待那位即將到來的病人。

豹哥姓李叫李強，很大眾化的名字，人跟名字一樣，如果不是那頭過時的黃毛，恐怕也是掉在人堆裏找不到的。

他進來的時候，整條手臂都是血，可他卻毫不在乎地跟身邊的人有說有笑，好像不知道疼痛。

「我預約的是主任，怎麼是你在這裏，你們主任呢？」李強看到趙燁的時候，撇著嘴說道。

趙燁看了看他的傷口，然後說道：「主任又怎麼樣，難道主任就是最好的？你要不要留疤？」

「留疤？留疤幹什麼，你缺心眼啊！」李強身邊的小弟一副兇狠的樣子怒道。

「滾開，這裏沒有你說話的份！」趙燁毫不畏懼地回擊道。

然後又轉過來對李強說：「我看你身上傷疤挺多的，我以為你是故意留的，為了增加男子氣概什麼的，算了，坐下我給你處理傷口。」

趙燁輕而易舉地讓李強轉移了注意力，疤痕他的確想要一兩個，可不是全身都要。外傷的疤痕雖然不能避免，但是頂尖的醫生還是可以讓人在術後留下幾乎看不見的傷痕。

然而李強這一身傷痕卻很明顯，他不是傻子，立刻從趙燁的話中明白了自己以前被醫生們騙了，這傷痕都是他們故意的。

趙燁看到李強若有所思的樣子，心中暗笑，這小子明顯上路了，那群醫生看來是少不了一頓揍了。

其實李強冤枉了那些醫生，他們並不是故意的，對待他這樣的惡人，他們故意也要有膽量，他的疤痕是因為那醫生醫術不精，再加上提心吊膽，水準發揮不出來，自然會有疤痕。

上肢刀傷很簡單，局部麻醉清創縫合就可以，趙燁簡單地清理了傷口，然後準備麻醉，縫合。

在趙燁準備麻醉的時候，李強身邊的小弟突然說道：「我豹哥從來不用麻醉，你趕緊縫合，少他媽弄那些沒用的東西。」

「你給我出去，這裏沒有你說話的份！」趙燁最討厭在他工作的時候有人說話。李強的跟班一愣，發現趙燁跟以前的醫生不同，然後竟然鬼使神差地出去了。

兇惡的人其實多半很軟弱，正如會叫的狗不咬人，咬人的狗多半不會叫一樣。

李強沒有說話，任由趙燁給他處理傷口，他應該很痛，可是他卻表現得好像沒事一般。

作爲醫生，趙燁不覺得這是英雄氣概，這樣劇烈的疼痛是一般人忍不了的，於是趙燁偷偷拿了一根針在李強的另一支健康的手臂上扎了一針，沒有絲毫反應。

趙燁沒有聲張，繼續給他縫合，很快手臂上的刀口縫合完畢，在表面塗了一層膠，然後包紮。

「好了？」

「沒有，你今天在這裏住院吧！」

「你新來的吧？告訴你，老子最恨的就是你們這些醫生，天天就想著黑我們患者，老子今天不但不住院，還不給你錢！」李強兇神惡煞般怒吼道。

「你不住院也沒有關係，你看看你另一隻手臂，你並不是不怕死，也不是不怕疼，只是你的感覺減退了，你不住院恐怕會死。」

趙燁一邊說著一邊收拾醫療器械，最後他還補充了一句，「我是新來的，我跟那些醫生不同，如果你要住院，快去交住院費！」

李強這才發現自己另一隻手臂上竟然插著一根針，他竟然毫無知覺地被插了一根針。

他一直知道自己從小對疼痛的感覺就很弱，所以打架他從來不會輸，可他漸漸長大了，也知道了這是病，並不是英雄氣概。

趙燁竟然發現了這點，還說出了「死」這個字。

李強害怕起來，他猶豫了一下，準備聽趙燁的話，這時趙燁剛好走出門診室，李強趕緊追了出去。

外科的幾個醫生以為整到了趙燁，暗自高興之餘，還有兩個年輕醫生跑過來準備看趙燁是不是被打得哭天喊地。

當他們跑到門診室的時候，卻看到往日滿臉殺氣的豹哥竟然變得溫順起來，甚至一路小跑著追上趙燁苦苦哀求，完全沒有了老大的氣魄。

流氓混混多半徒有兇狠的外表，他們只會欺負弱小來證明自己的強大，實際上他們才是最脆弱的，心裏比誰都弱小。

「醫生，您真是神醫啊，你說我還有救嗎？你有辦法對不對？」李強跟在趙燁身後說道。

「這個不是我說了算，你要去檢查一下，我只是猜測你神經有問題，具體哪裏有問題我也不清楚。」趙燁頭也不回地說。

「你說我是精神病？神經問題？」李強有些惱怒。

「神經跟精神不一樣。」

趙燁對這個沒文化的傢伙實在有些無語，「精神病是腦子有問題，神經病是神經的問題，那不一樣。你的問題還不清楚，去做檢查吧。」

「對了，如果你覺得我是騙你錢，你可以去大醫院檢查，例如第一醫院、第二醫院都行，你可以不信我，但是醫院的大型檢查設備你總要相信吧！」

趙燁是實話實說，患者無論是什麼人都是患者，治病救人之前要把感情拋在一邊。可這話在李強聽來卻是莫大的諷刺，他覺得這是趙燁在諷刺他剛剛罵醫生的事情，李強很想給趙燁一拳，可是又有求於趙燁，於是只能將怒氣泄在自己的小跟班身上。

「你他媽愣著幹什麼呢？過來，拿著這卡去交錢，辦住院手續。對了，把以前欠的錢也交上。」

李強的表現讓那個小跟班很是納悶，愣愣地站在那裏，思考著老大是不是真的得了神經病，不，是精神病。

心中窩火的李強有氣沒地方出，直接給了小跟班一腳，罵道：「還不快去！他媽的還要老子跟著你去啊。」

先後幾次在門診進行清創縫合，雖然不是什麼大問題，可加上抗生素等藥物，李強也欠了醫院不少錢。

可憐的小跟班被李強踢得心中十分鬱悶，去交錢的時候還要自己墊付一筆，因爲李強的卡裏根本沒多少錢。

那些來看熱鬧的人，見到如此情景都張大了嘴巴，不知道說什麼好，甚至懷疑趙燁是不是有魔法，讓個性狂躁的豹哥轉了性。

辦好住院手續以後，趙燁又安排李強去做ＣＴ，以及全面身體檢查，李強是什麼病，趙燁不是很清楚，需要各種儀器檢查才能確定。

安排好一切以後，趙燁回到辦公室，剛回來他就感覺到氣氛與剛剛發生了很大變化，先是小護士在趙燁面前變得恭恭敬敬的。

外科辦公室裏的醫生們雖然沒有人跟趙燁說話，可那眼神說明了一切。沒有人想到趙燁會毫髮無傷地回來，更沒有人相信那蠻橫的豹哥會低頭，可他不僅低頭了，還繳納了拖欠許久的醫療費用。

趙燁可不管別人的看法，自顧自地看書學習，過了大約一個小時，趙燁突然覺得有些餓了，於是準備出去吃飯。

也快要到下班時間了，其實醫院裏的多半醫生都沒到下班時間就走了，因爲在查完房、開完醫囑、手術完之後，醫生一天的工作就算完了，收病人等工作都是由值班醫生與備班醫生做的。

在趙燁離開的時候，其他醫生走得差不多了，只剩下值班醫生在那裏絮絮叨叨地抱怨著。

離開辦公室的時候，趙燁一個不小心撞到了人，確切地說是對方撞到了他，趙燁正鬱悶誰這麼冒失走路這麼快的時候，卻聽到對方先罵了起來。

「誰撞我?哎呀，是你小子，我沒找你麻煩就算不錯了，竟然還送上門來了。怎麼著?是不是要出去整一下?」

趙燁皺著眉頭看著這個高大的東北男人，趙燁其實也是東北人，算起來這位還是他老鄉，可這老鄉卻成了今天最麻煩的人。

打架趙燁是不怕的，他只是不想和這樣的人動手。

正在爲難的時候，李強過來了，豹哥本來是嫌病房太無聊，出來透透氣而已。可遠遠地看出趙燁與東北大漢之間的火藥味，於是過來看看，順便幫幫趙燁，畢竟這是他的主治醫生。

「動手打架麼？怎麼能少了我豹哥，小子，你欺負人家年輕是不是，有種衝著我來。」李強一副流氓相，絲毫不在乎雙方身材的差距。

「你就是李強吧，別以爲一頭黃毛就真是個豹子，你算什麼東西，別人怕你，我董楠可不怕你。」

這位叫董楠的醫生似乎是個另類，面對人人都怕的豹哥毫不畏懼，現在戰爭變成了三個人。

打架似乎成了不可避免的事情，許多小護士看到這種場面嚇得花容失色，躲得遠遠，就差尖叫了。

「行了，都住手吧，打架解決不了事情。小強，你是病人趕緊去休息，這裏不用你幫忙。另外董楠，你我之間的恩怨不用在醫院裏解決吧，如果你還是個醫生，我想你應該明白這一點。」

「別在我面前裝大義，你這樣的醫生我見多了。口口聲聲仁義道德，實際上你比我黑多了。行，咱們的賬以後再算。」董楠不屑地扭頭走進辦公室。

李強露出得意的笑容，拍了拍趙燁的肩膀說道：「以後有事就找我，這種小子我幾下就擺平了。」

「不必了，這個我自己就能搞定。另外你放心，你的病我會用心的。」趙燁不想跟這個小混混有什麼交情，只淡淡地說了幾句就離開了。

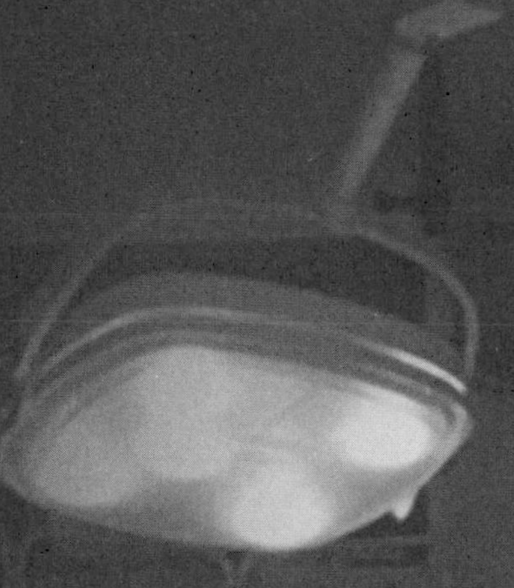

第八劑

不收回扣的醫生

榮光醫院外科辦公室站著的這位醫藥代表臉色很不好看，他看著藥物銷售記錄，有些不敢相信地說道：「不會吧！怎麼業績這麼差啊！」

「你也別抱怨，我們這兒業績肯定會越來越差，我們也不想，這不是換了院長嗎？病人少了許多，再加上我們這裏來了個活寶，不許我們開藥！」外科主任撇了撇嘴道：「那小子不知道吃了什麼藥，腦子秀逗了！我也沒有辦法了，反正我要走了，你如果想做，就去找那小子吧！」

那醫藥代表半信半疑地看著外科主任，這年頭還有不收回扣的醫生？如果真有那樣的醫生，豈不是有不吃魚的貓？不吃肉的狗？

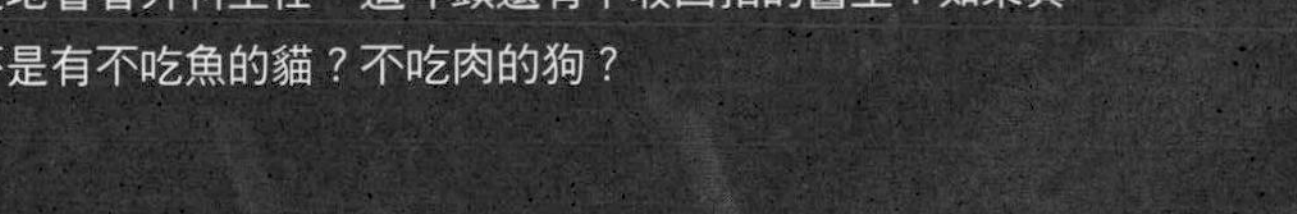

趙燁原本打算午飯就在附近的小飯店吃一口，可誰知趙依依卻打電話約趙燁一起出去吃飯。

醫院並不大，院長辦公室就在外科樓上。

趙依依今天穿著一身職業裝，很嚴肅的樣子，見到趙燁她顯得很高興，滔滔不絕地說著今天當院長的感受。

「權利真是個好東西，用不了多久我就能全盤掌握榮光醫院了，我會將它發展成爲沿江市第一的醫院，然後是省裏最強的醫院，最後是全國最大、最好的醫院。」趙依依興奮得像個孩子，說些不著邊際的話。

「在發展之前要先解決自身的問題，姐姐有沒有什麼辦法招一些好點的醫生過來，我們必須換一批醫生，這些醫生都是老滑頭，賺錢偷懶各個在行，工作上卻推三阻四的。」

「這的確是個問題，我也覺得醫院最根本的問題就是醫生，我來想辦法吧！哎，這年頭好醫生少啊。可惜你不會分身術，不然多弄兩個你這樣的醫生就好了。」趙依依感歎道。

「馬上就到應屆畢業生畢業的時間了，我們去找點應屆畢業生吧！雖然他們沒經驗，沒技術，可是培養一年就能拿到行醫資格證了，以後就可以單獨坐診了。」

「這個以後慢慢說，我們去看房子吧！我已經將以前的房子拜託朋友幫我賣了，現在我們去找個好房子吧。」

當趙燁聽到我們兩個字的時候，就打了退堂鼓，再看到趙依依那怪異的笑容，就更想逃走了。

可趙依依不知什麼時候已經挽住了他的胳膊，想逃都沒有機會了，只能跟著她去看房子。

女人的身體非常奇怪，明明弱不禁風，可逛街買東西卻精力無限，永遠不知道疲勞。對於樓市，趙燁只是一知半解，然而趙依依對此卻如數家珍，整個沿江市房產的價格、戶型、環境等等都清清楚楚。

這裏的房價並不高，當然這是相對於趙依依的工資來說。

美國名牌醫學院畢業的她在長天大學附屬醫院的時候有三十萬左右的年薪，來到榮光醫院當院長，薪水雖然還沒具體確定，可只會高不會低。

這裏的房子對於趙依依來說很便宜，一年的薪水足夠買一棟了，因此她買房子根本不考慮價錢，就是挑最好看的。

精明的售樓小姐看出趙依依是有錢人，於是開始不遺餘力地推薦最好的房子。她指著模型不斷地介紹著：「您看，這房子可以看到江景，附近有醫院又有學校，交通方便，您跟您先生住進去，肯定會喜歡這裏的……」

趙燁想告訴售樓小姐，自己是趙依依的弟弟，可趙依依卻沒給他機會，摟著趙燁的胳膊說道：「我跟我先生需要個大房子，介紹一下別墅吧。」

「別墅我們這裏也有幾套，非常好……」

趙依依發現趙燁心不在焉地聽著介紹，似乎是逛街逛累了，竟然連自己剛剛說他是自己的先生都沒有反駁。於是趙依依露出個俏皮的表情，拉了拉趙燁的胳膊說道：「這可是你的機會哦，機不可失，失不再來哦！」

「什麼機會？」趙燁的確沒有聽清楚剛剛趙依依與那售樓小姐說什麼。

「呆子！」趙依依猶如戀愛中的女人，桃花滿面，豔光四射。

趙燁看房子很不專注，他在想著其他事情，主要原因是今天在榮光醫院過得不太愉快。

趙燁一路上一直都在想這些事情，以至於看房的時候心不在焉，這時因爲趙依依的嗔怒，趙燁才回過神來。

那售樓小姐更是在一邊感歎道：「二位感情真好。」

趙燁一陣恍惚，這是哪跟哪啊？感情？這售樓小姐真把兩個人當夫妻了，在他迷糊的時候，趙依依卻對這售樓小姐很滿意，更是對房子滿意。

「帶我們去看看房子吧！如果我看好了，你可要優惠哦！」

趙依依卻心情大好，似乎很滿意售樓小姐將兩人當成夫妻，已經決定購買房子了，至於趙燁的意見，她則完全忽略。

趙燁一直沒拉回自己神游的思緒，直到售樓小姐帶著他們倆去看房子的時候，趙燁一眼就喜歡上了這個房子。

這座江景別墅建設得非常漂亮，依山臨江，坐北朝南。趙燁從小就夢想過富豪的生活，可是對於別墅確實沒想過，這種只在電視裏看過的地方，奢華得超出了趙燁的想像。

「這地方太漂亮了，你覺得怎麼樣？」趙依依絲毫不掩飾自己對這裏的喜愛。

趙燁點了點頭說道：「是很漂亮，我也很喜歡這裏，如果能住在這裏，當然最好。」

趙依依很少害羞，而今天卻難得害羞了一次，她以爲趙燁是在說跟她住在這裏，趙燁並沒有注意到趙依依的反應，他心中所想的跟趙依依想的也不一樣。

看著寬敞的別墅，趙燁想的是將父母接過來住，一家子人住在這種寬敞漂亮的別墅將是多麼美好的一件事。

看完房子已經是下午了，趙依依雖然對房子十分心儀，卻也沒掏錢立刻買下來，原因很簡單，越著急越沒有優惠，趙依依雖然喜歡這房子，卻沒想多花冤枉錢。

「買了房子，沿江市就是我們的家了，或許我們下半生都要住在沿江市了。」趙依依突然感歎道。

「姐姐不是胸懷大志嗎？我們的醫院才剛剛起步，說不定用不了幾年，分院就開起來了，到時候醫院上了軌道，姐姐就是最大的連鎖醫院的大院長了。」

趙依依今天很高興，無論是對於房子還是趙燁，她笑著對趙燁說道：「那你呢？」

「我？我當然是幫姐姐成爲最大最強的醫院的院長了！」趙燁微笑著回答，他沒說自己之後會幹什麼。

其實他也不知道，或許去歐洲接回菁菁，那個時候菁菁應該能回來了，或許回家孝敬父母，那時候父母已經垂垂老矣，的確需要人照顧。

或許會去周遊世界，又或許繼續做個醫生，成爲超越李傑的人物。

想想這些都覺得好笑，眼前無法解決的小問題無數，哪裏有時間去考慮那麼遠的將來呢？

榮光醫院目前的狀況別說擴展到全國，即使是在沿江市立足都成問題。

上了一天班，就將趙燁搞得焦頭爛額。

當然這些趙燁都沒對趙依依說，這位姐姐是現任榮光醫院的院長，不需要插手這樣的小事。

她現在要做的是爭取當地政府的支持，把握好醫院的大方向，外科整頓這種小事由趙燁完成就好了。

第二天一早，當趙燁趕去榮光醫院的時候，外科醫生們還是同昨天一樣懶散。

唯一改變的或許是他們對趙燁的態度，當然這還要感謝豹哥，如果不是他的轉變，或許這群醫生依然會對趙燁冷嘲熱諷。

唯一對趙燁沒有改變的就是那位趙燁的老鄉——董楠，他看趙燁的時候兩眼冒火，總想尋找機會解決兩人的恩怨。

昨天查房的時候，趙燁已經將病人的情況全部掌握了，重點病人是那個心臟病小孩，可是今天他的父母還是沒來，依舊是他奶奶看護著孩子。

趙燁對此只能搖頭，這樣的父母實在太失職了，孩子的性命危在旦夕，萬一出了什麼問題，豈不是後悔一輩子。

萬般無奈之下，趙煒只能繼續給孩子做體檢，然後再三囑咐孩子的奶奶，無論如何要將他的父母請回來。

隨後趙煒又跑到十一床去見那位顱內腫瘤復發的中年大叔。

房間很安靜，從那個十二床的小孩搬到其他病房以後，這個三人病房就變成了這個大叔的單人病房。這種情況只有在榮光醫院這樣的小地方才會看到，大醫院通常走廊上都睡滿了人。

這病房的環境並沒有讓這家人高興多少，相反他們一個個愁眉苦臉，還在為是否手術的事情而猶豫。

十二床的患者顱內腫瘤很嚴重。

趙煒面對顱內腫瘤的病人也不是第一次了，最近的一次就是鄒舟的手術，而且那次手術非常的成功。

可是疾病相同，但病人卻不一樣，每個人得病的嚴重程度也不相同，這個患者發現得太晚了，病情太嚴重，就算手術了，好轉的希望也不大，最重要的是，他第一次手術的損傷太大了，整個腦組織被破壞了很大一部分，許多功能區都被破壞了。

病房裏患者家屬看起來非常難受，換成誰都會這樣，治療的話有可能手術失敗，人財兩空，即便治好了，患者也會精神異常，這對家庭是一個巨大的壓力。

如果不治療，在良心上又過不去，畢竟是自己的親人，生活多年再加上血緣關係。疾病總是讓人痛苦，面對抉擇又總是讓人難受。

「醫生，再讓我考慮兩天吧！」患者的女兒說，這個年紀十七八歲的孩子滿眼淚花。

醫生治療病人不能帶有感情，自控力是醫生最先要學習的東西，趙燁很想幫助這個困難的家庭，錢或許可以出，但是治好了這病人，他依舊神智不清，該怎麼辦？

趙燁只是個醫生不是神仙，對於這樣的患者，他也沒有辦法！

他唯一能做的，就是將情況說清楚，然後等待家屬給出答案，是治療，還是放棄治療。

離開病房，趙燁準備繼續查房，然而沒等走到下一個病房，就聽到一陣嘈雜聲，聽聲音是從外科辦公室裏傳來的，聽起來好像是打架了。

外科辦公室外的小護士們一個個花容失色地躲在護士站，門口則聚集了很多看熱鬧的患者及家屬。

想都不用想肯定是醫療糾紛，在醫院裏，無論哪個醫生扯到醫療糾紛都會很頭痛，其他醫生則通常會躲著這個沾上醫療糾紛的同事，無論平時關係如何。

榮光醫院也是如此，趙燁走到外科辦公室的時候，發現醫生們多半在看熱鬧，而患者家屬則對著其中一位醫生，也就是趙燁的老鄉董楠狂轟濫炸。

患者的家屬顯然很激動，他們一個個憤怒得差點動手，如果不是董楠人高馬大，而是趙燁這樣的小瘦子，他們肯定已經動手了。

此刻他們只是憤怒地咆哮：「你算什麼醫生，怎麼治療的啊，你們這是不負責任，我明明已經簽了『放棄急救同意書』，你們醫師卻不看病歷擅自急救。我要去告你們，要到媒體上曝光你們，我要去召開記者會公佈院方的錯失，交給社會讓大眾公評。」

董楠這個豪爽的東北漢子一言不發，任由家屬們狂轟濫炸，而那些平時與董楠關係不錯的傢伙們也沉默著，甚至幸災樂禍地看著。

門口的小護士也不敢上前，只能在外面議論紛紛，其中多半都是想替董楠說話的。

「那老人都要死了，誰還有時間看病歷是不是簽署了放棄急救啊！」

「就是，他們也太沒良心了，救活了人還要這樣。下次急救一定要先看病歷，耽誤個十分二十分的，等他們死了再救……」

趙燁不由得皺了皺眉頭，醫生救不活人要挨罵，救活了人也要挨罵，做醫生也真夠難的，可醫生又能怎麼樣，難道真的像護士說的那樣，故意拖延個十分鐘？

顯然那是不可能的，或許是混蛋醫生太多，無論誰在醫院出了問題都要找醫生麻煩，這件事顯然是疏忽，董楠並沒有什麼錯，相反趙燁對於患者家屬很有意見，自家的親人竟然見死不救，這是什麼道理？難道真是久病床前無孝子？

無論董楠對自己如何，趙燁都覺得他作爲醫生這件事做得沒錯，看到病人先想到的應該是如何搶救，而不是如何推卸責任。

「行了，都給我閉嘴，有事慢慢說，影響了其他病人，你們能負責嗎？」董楠無論是敵人也好，朋友也罷，趙燁不能看著不管。

「你是什麼東西，這裏有你說話的份嗎？」患者家屬囂張地說道。

「有沒有我說話的份你馬上就知道，現在你給我出去，這裏是醫生辦公室，如果你不想出去，我可以叫保安抬你出去，免費的！」趙燁淡淡地說道。

趙燁一句東北口音濃重的「免費的」讓所有人都笑了起來，其實這幾個患者傢伙非常不得人心。

中國是一個講究孝道的國家，老人身體不行了，應該儘量照顧、治療，無論如何也不應該放棄搶救，更不應該生出這種悖逆人倫的醫患糾紛。

然而患者家屬卻根本不管這些，他們只是覺得家裏那位八十三歲的老人已經老了，是時候去世了，根本不應該再浪費錢財治療，所以簽署了放棄治療同意書，然後將老人丟在養老院。

如果這病人一直住在醫院，或許醫生並不會弄錯，可是這患者送過來的時候就已危在旦夕，任何醫生都不會去翻看病例，肯定會直接搶救，這是醫生的第一準則。

董楠當然想不到這老人是要放棄急救的，更想不到放棄急救的病人卻送到醫院。

其實這老人不是第一次進醫院了，放棄搶救的單子也不是老人自己簽署的，如果這老人真的不想活了，恐怕他會直接死亡，而不是慢慢等死，這些都是他的子女搞的鬼。

趙燁的話，讓這些患者家屬怒火中燒，他們覺得自己受到了侮辱，更覺得這是醫院在欺負人。

「臭小子，你等著！我肯定讓你這榮光醫院倒閉，你別想好！我現在就去找電視台，咱們法庭上見。」

「隨便你，是想找電視台，還是找律師都隨便你！我這裏是醫院，不是馬戲團。找記者來的時候你千萬別跟來，我怕你丟人。律師也隨便你找，我正愁沒有辦法打廣告，你可以去告我們醫院，最多賠償幾萬塊錢，比起廣告費可要少多了。到時候全市人民都知道我們醫院，我們很划得來啊！」

趙燁努力讓自己笑得燦爛，努力讓自己看起來好像什麼都不在乎，一副高深莫測的樣子。

其實他雖然這麼說，可萬一那傢伙真的去告了，恐怕會很麻煩，畢竟在沿江市他們人生地不熟的，變數太多。

然而趙燁的恐嚇似乎起到了作用，對方開始摸不透趙燁的底細，其實這群沒良心的家屬也是心虛的，他們也知道放棄治療肯定得不到輿論的同情。

如果打官司，這場醫療糾紛中勝利的肯定是自己，榮光醫院賠錢是少不了的，但這種官司在全世界都少見。

即便真打贏了官司，他們恐怕也得不到多少賠款，相反，幾乎所有人都會罵他們是白眼狼，是不肖子孫。

這幾個傢伙在沿江市也是有頭有臉的人物，蠻橫慣了，此刻冷靜下來倒也想通了幾分，知道去告恐怕還是對自己不利。

另外趙燁一副天不怕地不怕的樣子，似乎也有後台的樣子，不查清楚了絕對不能輕舉妄動。

「好小子，我們走著瞧！今天這事就先放著，我跟你沒完，我們轉院，去中心醫院。」患者家屬放下幾句狠話，將人拉走了。

雖然他說沒完，然而隨著他們的離開，人人都鬆了一口氣，看熱鬧的患者就此散去，護士們也開始忙自己的工作。

此刻外科辦公室的醫生們終於不用再擔驚受怕了，剛剛還幸災樂禍的醫生們此刻紛紛走上前去拍著董楠的肩膀，說著一些安慰的話，又或者說著一些沒有營養的話，例如剛剛我要幫你說話。

董楠不是傻子，剛剛這群人一個個躲在後面，唯恐殃及池魚的表情他都看到了。在剛剛的危急時刻，那些平時在酒桌上稱兄道弟的傢伙們根本靠不住，這讓他很是傷心，這還算不得什麼，可幫助自己的竟然是一直看不慣的趙燁，這更讓他覺得自己做人很是失敗。

這麼多年交下的朋友，竟然不如一個陌生人，還是一個敵對的陌生人靠得住。

董楠對這群同事徹底失望了，在患者家屬離去之後，他沒有理會那些同事，而是走到趙燁身邊說：「對不起，我不求你原諒我，但是我要對你說聲謝謝！」

趙燁沒想到這傢伙竟然當著所有人的面對自己說謝謝，他很喜歡董楠這樣直爽的性格，雖然以前有些不對，可今天他做得很好。

「應該的，況且你也沒有錯。」趙燁很大方地說道。

董楠點了點頭不再多說，安心地返回去工作，大恩不言謝，有些東西記在心裏就可以了，並不用整天掛在嘴邊。

風波平息得很快，可人們卻記住了趙燁，人人都知道剛剛在糾紛中挺身而出的是趙燁，而不是那個經常吹牛的外科主任。

上班兩天，趙燁一直是人們的焦點，從開始的改簽藥單，到現在的仗義出手，趙燁很快就被人們熟知。

然而大出風頭的趙燁卻成了某些人最看不過眼的傢伙，可是又對他沒有什麼辦法。

很快到了中午，趙燁去吃午飯了，可辦公室裏還有一些醫生沒有走，當然他們不是在這裏加班，而是三五成群地聚在一起聊天，其中還有個陌生的面孔。

這人沒穿白大褂，也不是醫院的工作人員，可他卻經常跑來榮光醫院，外科醫生都認識他，這傢伙就是傳說中的醫藥代表。

醫藥代表是個很神秘的職業，他們多半高薪，開名車，住好房，並且工作輕鬆，一擲千金。

醫院裏經常可以看到醫藥代表的身影，他們其實就是推銷藥物的，只不過他們比那些傳統的推銷員要賺得多。

醫療行業的利潤達到了不可想像的地步，藥物出廠的價格非常低廉，許多藥物從出廠到消費者手中價格卻高出許多。

中國人有句話叫做，「沒啥別沒錢，有啥別有病！」

可見疾病已經成了人們的心腹大患，誰都害怕有病，患病身體不舒服是一個原因，更多的原因是看病太貴了，每次去醫院人們都要花掉大量金錢，著實讓人心疼。

其實看病並不貴，這裏說的不貴是診療費用、住院費用，如果仔細看費用清單，人們會發現其實百分之九十的錢都花在藥物上。

所以說真正貴的東西是藥物而不是看病錢，而這藥物爲什麼這麼貴，就不是醫院能掌握的了。

這東西出廠價便宜，可是經過醫藥代表一倒手，價錢就貴了，然後再經過醫院加價，到了患者手裏更貴。

將商品價格翻倍賣出去，想沒有錢都難。購買這些超出本身價值的東西，想不窮都難。

醫藥代表們將藥物價格翻倍賣給醫院，最後買單的還是患者。有病不能不看，在性命與金錢之間還是要花錢消災，雖然有人會覺得不可思議，市場經濟，賣藥賣得貴怎麼可能有人願意買，難道沒有競爭嗎？競爭難道不會讓藥物降價嗎？

實際上醫藥行業競爭很少，全國市場被幾家大藥物公司瓜分得差不多了，而且藥物這東西不是隨便生產的，能做出來是一方面，好用不好用是另一方面。

而且醫藥代表在競爭市場的時候並不是以價格來競爭，用藥的是醫生，他們給患者開藥又不是用自己的錢，爲什麼要選便宜的藥呢？

選擇藥物醫生們有自己的辦法，多年來的臨床經驗讓他們知道應該選什麼樣的藥物。在醫患關係如此緊張的環境下，醫生們不會拿自己的職業生涯開玩笑而選擇很差的藥物，所以他們選擇的標準首先是好用的藥物，其次就是醫藥代表給回扣多的藥物。

多數患者對此也沒有什麼意見，多半人的思維就是看病用好藥去根，實際上很多便宜藥物也是一樣的。

醫藥代表靠醫生養活，而有些醫生則靠著醫藥代表的回扣獲得許多的財富。

醫生如果靠著工資需很多年才能買得起房子。三甲醫院教授級別的醫生也就是三千左右的工資。

榮光醫院外科辦公室站著的這位醫藥代表臉色很不好看，他看著藥物銷售記錄，有些不敢相信地說道：「不會吧！怎麼業績這麼差啊！各位老師們，你們不努力我也沒有辦法啊。」

「你也別抱怨，我們這兒業績肯定會越來越差，我們也不想，這不是換了院長嗎？病人少了許多，再加上我們這裏來了個活寶，不許我們開藥！」

外科主任撇了撇嘴道：「那小子不知道吃了什麼藥，腦子秀逗了！我也沒有辦法了，反正我要走了，你如果想做，就去找那小子吧！」

「您要走了？那這醫院不是要倒了？您不是開玩笑吧！」

「開玩笑？我都要失業了還開玩笑，算了，你要賣藥就找別人吧！對了，你小心別被那小子罵啊！」

那醫藥代表半信半疑地看著外科主任，這年頭還有不收回扣的醫生？

如果真有那樣的醫生，豈不是有不吃魚的貓？不吃肉的狗？

醫藥代表推了推鼻樑上快要滑下來的眼鏡，他決定會一會這個傳說中油鹽不進的醫生，是不是真的那麼不近人情。

第九劑

無人簽字的手術

在趙燁買下榮光醫院以後，醫院裏的焦點人物不是美麗而富有的趙依依院長，而是趙燁這個年輕的外科醫生。

來醫院才幾天時間，他就搞出了這許多事情，如今更是大膽地在無人簽字的情況下進行了心臟外科手術。

這件事立刻在醫院裏傳開了，甚至連趙依依都跑來觀看，她不擔心趙燁手術失敗，但是她卻擔心這件事會惹上官司。

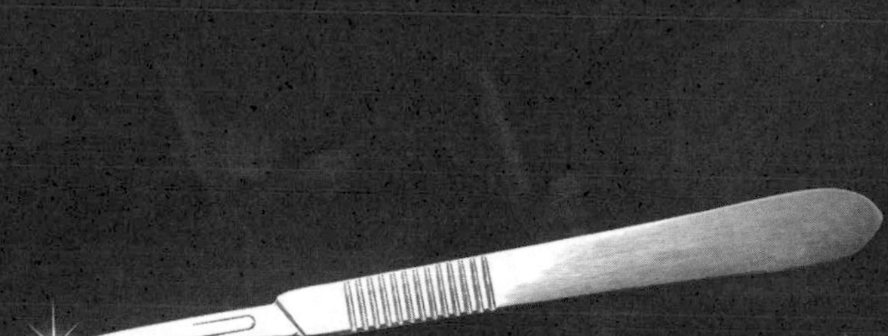

在這個世界上總有一些東西在學校裏是學不到的，例如趙燁在學校中沒學會如何對付醫藥代表，如何對付醫鬧，對付回扣的問題。

趙燁剛剛從實習醫生的崗位畢業，成爲正式醫生沒多久，可在一天內突然要面對所有的問題，這讓他有些吃不消。

早先面對那醫鬧，趙燁起碼占了理，所以很好擺平。至於他們放下來的狠話，趙燁並不害怕，真正咬人的狗不叫，如果他們真的想要報復，恐怕就不會說了。

當然那些家屬也許會給趙燁找麻煩，所以趙燁也不會自信到自己身上散發著王霸之氣，那群跳樑小丑不會來報復自己。

吃過午飯以後，趙燁再次回到醫院辦公室，下午他還有工作，可沒等他坐穩，就有人找上門來了。

那是個帶著黑框眼鏡，留著長頭髮的年輕人，他穿著緊身牛仔褲，上身套著休閒裝，一臉微笑地站在趙燁身邊道：「這位就是趙醫生吧，真是年輕有爲！很高興認識你，我是XXX公司的醫藥代表，我想向您推薦我們公司的藥物。」

「這個你應該去找科室主任，我不管這個！」趙燁頭也不抬繼續寫他的病歷。

「趙醫生，這就不對了，您這麼年輕有爲，早晚是主任，這個大家都知道，我想您應該對我們公司的藥物進行一下瞭解，我們公司的藥物可是通過了全國多家實驗室的認證，更是在權威雜誌發表過論文，證明了我們公司藥物的效果。」帶著黑框眼鏡的醫藥代表不依不饒地說道。

趙燁沒辦法，只好看了看那藥物，這藥物不看不要緊，趙燁一看才發現這藥物很熟悉，不就是醫院裏大家喜歡亂開的那些藥物嗎？

吃不死人，卻也沒有什麼效果！

這藥物雖然在什麼雜誌上發表過文章，並且通過了驗證，是有效的藥物，可實際上這是許多公司都會玩的把戲，送檢的時候是一套，生產的時候又是一套。

「這藥物我們已經用過了，不打算再用了，你走吧！」

那醫藥代表明顯臉色不好看了，可僅是一瞬間而已，他很快又變成了笑臉說道：「趙醫生，您年輕有爲，小小年紀就當上了醫生，可是您不知道啊，這醫生光有知識是當不好的，許多事情都要慢慢學習。」

「比如咱們賣藥的跟你們醫生的關係。我們賣藥的沒有你們可是要餓死的，可你們醫生如果沒有我們，恐怕一輩子都買不起車，買不起房。」

「你別不信，這是事實！你們寒窗苦讀那麼多年圖個什麼？還不是爲了有個幸福生活。

你想要賺錢，必須用我這藥，您放心，我保證你不後悔，沒有人會比我更懂你們想要什麼！你想想，這藥不是你花錢，跟你有什麼關係，你只是把它賣給別人，人家還要謝謝你。」

帶著黑框眼鏡的醫藥代表笑得很是燦爛，他不覺得趙燁會拒絕，更沒想到趙燁會生氣。實際上趙燁涵養很好，對人很少生氣，可今天他卻生氣了，甚至開口罵人：「滾出去，你的藥物以後我們不會再用了，合作關係到此爲止！」

年輕可以衝動，可以意氣用事，更可以不計後果地做事。

董楠一直在辦公室裏，他看到了發生的一切，醫藥代表與外科主任的對話，醫藥代表與趙燁之間發生的一切。

當趙燁開始罵人的時候，董楠才後悔，趙燁好歹也是幫過他的，應該早點出手阻止趙燁，或早點提醒他。

這個醫藥代表並不是普通人，可現在已經晚了，那醫藥代表臉色一陣紅一陣白，明顯非常憤怒。

「好小子，你有種！」醫藥代表只留下這麼一句話，然後頭也不回地走了。

董楠看得直搖頭，待那醫藥代表走了以後，他才搬了椅子坐在趙燁身邊，慢慢地說道：「兄弟，咱倆是老鄉，你今天又幫了我，我打心眼裏感激你，我覺得你這個人可交，所以叫你一聲兄弟。」

「別怪哥哥沒提醒你，你這才來幾天啊，得罪了一群人，你知道嗎？這些人是你惹不起的。」

「先不說咱們科的主任，就說這醫藥代表，你別小看了這個人，能做醫藥代表的都不是普通人，這行業裏三教九流什麼人都有。」

「用最簡單的方法想，那麼賺錢的工作，誰不想去幹？那就是個完全憑嘴皮子的職業！剛剛你得罪那個還真不是普通人，聽說他在咱們沿江市吃得很開，不僅是咱們醫院，中心醫院、第一醫院、第二醫院都用他們的藥，而且都跟咱們這裏一樣，大劑量地用，管你有沒有病！」

「哥哥我以前也是這麼幹的，其實我算不上什麼好人，但也不是壞人，讓病人吃虧的事情我一般不做，可是這行業就是這規矩，我也沒辦法獨善其身！那天我跟你生氣，主要還是因爲你改了我的醫囑，卻沒有改別人的，我面子上過不去不是？」

趙燁還真不知道這些，醫藥代表在長天大學附屬醫院他也見過，可他只是個實習醫生，醫生們到底跟醫藥代表說了什麼他也不知道。當時他只是一心想學醫術，卻忽略了學習這個。

當然趙燁現在後悔的不是得罪了那醫藥代表，他後悔的是自己對這方面知道得太少了。趙燁畢竟還是太年輕，對許多事情想得過於理想化。但趙燁對於吃醫藥代表回扣這件事，有著自己的想法。

「董哥你不用擔心，這件事我自己會解決。你安心工作，我去去就來！」

董楠以為趙燁是跑出去找人幫忙，可仔細想想又覺得不像，於是跟了出去，打算一探究竟。他走出門外才發現趙燁原來是進了院長辦公室，趙燁是跑去找院長幫忙，可是院長只是個柔弱的女人，似乎除了有錢，並沒有什麼特別的地方啊。

在榮光醫院醫生的眼裏，趙依依是個有錢的女人，人們都以為是趙依依出錢買了榮光醫院，原因很簡單，她是院長，她統領著醫院。

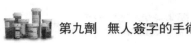

而趙燁只不過是她的朋友或學生，再或者是她的情人，當然情人的可能性不大，因為趙燁怎麼看都不是空有一副臭皮囊的小白臉，其次趙燁醫術高超，所以是趙依依朋友的可能性最大。

趙依依院長的辦公室裝飾得非常古樸，畢竟現在裝潢都是用自己的錢，趙依依完全把榮光醫院當成了自己的家，對於自家東西她當然十分愛惜，並且還向每個員工都灌輸自己的理念。

趙燁還是第一次來院長辦公室，他沒心思欣賞趙依依的院長辦公室，一進門就開始訴說今天的事情。

趙依依很認真地聽著，聽完趙燁講述的醫藥代表的事，開始她只是有些驚訝，等她聽到趙燁辱罵那醫藥代表的時候，只剩下歎氣了。

「弟弟，你太魯莽了！醫藥代表的存在是無法否定的，可是人人都睜隻眼閉隻眼。」趙依依搖頭道。

「可是我們不能看著他這麼禍害人啊！咱們醫院住的都是窮人，多開藥物的那些錢說不定就是他們一個月的工資啊！」

「多開藥這個問題我可以解決，以後咱們醫院也要正規點，不定期查醫囑，濫用藥物的直接開除，這樣弟弟滿意了吧！其實我也挺恨他們的，當醫生拿回扣正常，但是多開藥確實太無良了，醫德淪喪啊！」趙依依搖頭道，她做醫生也很多年了，在長天大學附屬醫院那樣的大醫院，醫生一般是不會多開藥的。

大醫院管理比較嚴格，如果有人舉報會有很大的麻煩，同時醫生們也比較富有，不會爲了賺那麼幾塊錢而多開藥物。小醫院則不同，管理混亂，經常發生這樣的事情。

「不行，如果不知道就算了，知道了就不能不管，以後咱們醫院統一進藥，降低醫療費用，至於醫生的收入，我們提高醫生的工資跟獎金！咱們自己的醫院，咱們自己來管！」

「我們立足未穩，現在改革太快了點，另外你這麼做會得罪很多醫生，雖然有工資，但也不會有回扣多，恐怕醫生們會不同意。」趙依依擔憂道。

「不同意就讓他們離開好了，正好我們醫院需要轉型，男科、婦科爲特色的醫院太多了，我們要有自己的特點。我們可以再招聘一些醫生，可以用高薪吸引！錢不是問題，我還有許多，就算我們前期虧損，以後也能賺回來！」趙燁信心十足地說道。

「那我們以什麼爲特色呢？」

「心胸外科或神經外科吧！」趙燁淡淡地說道。

人人都覺得手術刀就是醫生的靈魂，手術台就是醫生們展示自我的舞台。在手術中最頂尖的領域就是神經外科與心臟外科，這兩個科室是最難的領域，也是最賺錢的領域。

如果是其他人聽趙燁將心胸外科與神經外科作爲私人醫院的特色，恐怕多半會笑掉大牙。

人人都知道這兩個領域最賺錢，可人們更知道，其難度遠遠超過了人們的想像，特別是私人醫院的老闆們，精明的他們如何不知道其中的內情。

可趙燁不喜歡這種小醫院的特色，根本就沒什麼技術含量，他可不想天天與男科、婦科打交道，所以趙燁信心滿滿立志於高端技術。

也許很多人會覺得他異想天開，榮光醫院憑什麼吸引來頂尖的外科醫生，趙燁一個人再厲害也只有一雙手，憑藉他一個人的能力不可能支撐起一家醫院的。

飯要一口口吃，事情要一步步來，趙燁明白這個道理，所以他先從第一步開始，決心拿醫院的外科醫生開刀。

最近醫院患者非常少，那些閑下來的醫生便開始利用空閒時間搞各種小動作。趙燁最討厭的就是這種毫無意義的爭鬥，在長天大學附屬醫院的時候是如此，在榮光醫院更是如此。

趙依依其實也在考慮這些事情，不過她顧慮著剛剛接手醫院，不太願意惹出太多的麻煩，她想要一段平穩的過渡期。

所以她不同意趙燁立刻改革，只是淡淡地說道：「改變是必須的，但還不是現在，我們要先在這裏立足，其他的事情我們以後再考慮，現在醫院我們還不能完全掌控，我們需要時間。」

趙燁其實也需要時間，不過他更需要改變這個醫院醫生們的諸多問題，因此趙燁想出了一個折中的辦法，那就是敲山震虎，這樣其他醫生也能看到他們的決心。

對於有悔改之心的，趙燁歡迎他們留在榮光醫院繼續工作，對於冥頑不靈的，趙燁也很高興一腳將他們踢飛。

或許招一批專家來很困難，可是招一批好苗子卻很簡單，趙燁什麼都不多，唯獨時間很多，他不介意培養一群真正忠於醫療事業的好醫生。

離開趙依依辦公室的趙燁並沒有立刻行動，而是按部就班地給人看病，無論怎樣都不能影響看病。

第二天上班，趙燁繼續查房。

那位心臟病小孩的父母終於趕回來了，趙燁總算鬆了一口氣。

這孩子出生在鄉下，如果不是心臟病讓他面色蒼白，他應該是個健康的孩子，虎頭虎腦活潑好動，但是他現在經常疲勞，這也是心臟病的原因。

孩子的奶奶並不知道孫子的病情，在老人眼中，這孩子就是她的一切，是她生命中最重要的人。

看著孫子長大成人、幸福健康是她現在最大的心願，也是唯一的願望。

老人話不多，可對孫子的關愛人人都能察覺到，連眼神裏都充滿了關愛、期盼。

小孩的奶奶總是問趙燁：「孩子什麼時候可以出院？」

趙燁不想騙人，可是有時候謊言是必須的。

趙燁不能告訴這老人，小孩患了心臟病，在普通人眼中，心臟病跟絕症差不多，多半是要死的。

其實這孩子的心臟病並不是很嚴重，比起趙燁遇到的那些複雜病例，根本是小兒科，他只需要一個簡單的心臟手術，當然這簡單的心臟手術是對趙燁而言。

這手術趙燁有百分之百的把握，這家人雖然沒什麼錢，可趙燁卻想救這個孩子，如果他們沒錢，自己資助他們一些也沒什麼。

然而見到孩子父母的時候，趙燁就知道事情沒有那麼簡單。孩子的父母面對兒子的時候一臉關切，可兩人之間卻相當冷漠。

根據孩子的奶奶描述，趙燁知道這兩個人都是在外面務工的人員，這次能夠回來已經是非常的不易，特別是兩個人能夠一起回來，因此趙燁也不願意多想，更不願意多耽誤時間，直接把兩個人叫了出去。

對於孩子心臟病的事實，趙燁不能告訴老人，更不能告訴那小孩子，他只能跟孩子的父母說。

醫生辦公室內每天都要上演這樣的事情，醫生告訴患者家屬病情，知道了真相的家屬或失落、或哀求……

然而這對父母的表現卻大大出乎趙燁的意料，他們臉上滿是冷漠，特別是趙燁一而再再而三地強調，「孩子是心臟病，必須進行手術，否則會有生命危險。」

孩子的父親是個三十出頭的男人，一身肌肉猶如健身教練，梳著板寸頭的他顯得格外精神，看起來是個能幹的人，可這人此刻眼裏卻盡是冷酷無情，與先前對孩子的關愛判若兩人。

孩子母親打扮得非常妖豔，那一身名牌與濃妝豔抹與她的身分大相徑庭。都說天下沒有不愛孩子的母親，可這母親的確對自己孩子冷漠得可怕，她甚至在孩子面前都沒有表現出多少關愛。

「我想你們兩人都瞭解了孩子的病情，你們是否要讓孩子手術呢？我想手術是唯一的辦法，孩子還小，越小手術恢復得越好！如果你們不想在我們這裏手術也可以，畢竟我們醫院比較小，但是我建議你們去大一點的醫院，儘快手術……」趙燁猜不透這兩個人在想些什麼，這是一對奇怪的父母。

兩個人都不說話，就這樣沉默了許久。孩子的父親先沉不住氣了，開口道：「手術需要多少錢？」

「順利的話要五萬元左右吧！」趙燁早就想好了這個問題的答案，不假思索地說道。

「如果要手術，這錢你自己出啊，我可沒有錢！」孩子的母親冷漠地道。

這句話點燃了兩人戰爭的導火線，那男人聽到妻子的話語後立刻暴跳如雷，憤怒得猶如一頭公牛，怒目圓睜道：「你不出錢？這野種是你在外面跟哪個野男人生的還不知道，憑什麼讓我出錢？」

「野種？你媽可不這麼認爲，那就是她的命根子，你愛救不救，老娘我不管！」

「別老用我媽來壓我，爲了我媽，這兩年我受夠了！明天咱們就去離婚，我再也不跟你這樣遮遮掩掩，我讓你這個蕩婦永遠在別人面前抬不起頭來！」

「哼哼，我抬不起頭來？恐怕是你這個綠帽子烏龜抬不起頭吧！」女人冷笑道。

趙燁畢竟年輕，經驗太少，完全沒有反應過來，待兩個人快要打起來的時候，才想起將兩人分開。

「行了，這裏是醫生辦公室，如果你們有什麼問題，請出去說。另外，我希望你們替孩子考慮考慮。無論怎麼說，他都是你們的孩子，那是一個生命，考慮好了，來找我簽手術同意書。」

兩人似乎也覺得在這裏吵架有些過分，於是在趙熚的阻止下，互相怒視著離開了，沒有一個人爲自己的孩子考慮。

趙熚開始後悔，爲什麼要叫這孩子的父母回來呢！

不但對治療沒什麼幫助，反而添亂。

這病人原先是董楠醫生的，此刻他在辦公室裏看到了趙熚的窘境，當然他不是像其他醫生那樣帶著嘲笑看熱鬧。

董楠坐到趙熚身邊，他不想看到趙熚這個手術經驗豐富，可社會經驗淺的年輕醫生再惹上什麼麻煩。

「這患者你還是放棄吧，他家環境太複雜，手術不是，不手術也不是。而且這樣的人多半很麻煩，跟他們打交道，吃虧的只有你自己。」

「我知道了，你放心。」趙熚微笑著。

「你明白就好，不是我鄙視他們，這對夫妻絕對是傳說中的刁民，喜歡訛人的那種……」

董楠醫生很是好心地給趙燁上課，生怕趙燁「誤入歧途」。他的表現讓其他醫生徹底改變了對他的態度，紛紛在心中咒罵這個「叛徒」。

然而董楠不在乎，這些不夠朋友的同事們他寧可全都得罪了，也不願意失去趙燁這個朋友。

趙燁的表現讓董楠很放心，他以爲自己口才不錯，趙燁終於不再惹麻煩了，可很快他就發現自己錯了。

護士慌張地跑過來報告，剛剛那對夫妻的孩子心臟病突發，需要立刻搶救！

趙燁條件反射般第一個衝出辦公室，董楠則是第二個。

當董楠跑到病房的時候，他只聽到趙燁冰冷的聲音：「急診手術，準備手術室！」

重病患一般不會選擇住在榮光這樣的私人小醫院，畢竟這種小地方沒有安全感。身患重病了誰還在乎錢呢？但沒錢的人也有，所以在榮光醫院這樣的小地方的確有很多重症的病人。

那孩子就是其中的一個，他叫什麼名字趙燁沒記住，可是那孩子純真的笑臉卻深深地印在了趙燁的腦海中。

天真可愛的孩子、面色蒼白，讓人憐愛的孩子！

他是不幸的，他的父母對於病情推三阻四，事實上他的病的原因，也是因為他的父母。兩人從榮光醫院外科辦公室一直吵到病房，即使在孩子面前也絲毫不退讓，從前兩人還顧及老人和孩子。

如今他們兩個在外面待了幾天，已經完全不在乎這些了。他們變本加厲地相互攻擊，越說越難聽，越說脾氣越大，就在兩人差點動手打架的時候，孩子的心臟病發作了。

趙燁在第一時間趕到了病房，經過簡單而有效的檢查，他決定手術，這個手術不能再耽誤了。

董楠覺得自己快瘋了，苦口婆心地說了一堆竟然都變成了廢話，趙燁完全不理他，直接要求手術室準備手術。

面對著趙燁的不顧一切，孩子的父母卻依然在吵架，完全不顧孩子的死活。

最傷心的還是孩子奶奶，老人七十多歲，原本身體就不好，眼看孫子病發，她只能乾著急。

在趙燁準備手術的時候，董楠跑回去拿來了手術同意書，他能做的只有這些，簽了字，出了什麼事都好說，如果他們沒簽字，問題就大了。

趙燁可沒有時間管這個，他直接走進了手術室，手術室外是焦急的老人，不斷地念叨著什麼。

孩子的父母相互瞪視著，一句話不說，那男子對老人還是挺關心的，不斷地安慰著母親。

董楠拿著手術同意書說：「孩子要手術，你們必須簽字，這個手術的風險，我想趙大夫已經跟你們說了，現在孩子已經進了手術室，我希望你們能在這上面簽字，同意手術！」

「不簽，簽了就把命賣給你們了，誰知道你們會怎麼樣！」孩子的父親說道。

董楠差點氣暈，這話也是人說出來的？他強忍著怒氣道：「如果不簽，我會去叫停手術，你們不簽字，我們沒辦法進行手術，後果自負。」

「隨便，反正他死活我不管！我走了，以後沒事別煩我！」孩子的母親誇張地扭著屁股走到一邊。

孩子的父親堅決不簽字，他始終認爲這孩子不是他親生的，而孩子的母親則對孩子的死活不聞不問。

兩個人不簽字的後果就是手術不能做，受苦受難的是孩子，傷心的是孩子的奶奶，董楠很想將這兩人暴打一頓，然而他現在沒有這個時間，他要做的是去阻止趙燁手術。

手術室內，趙燁被口罩與帽子包裹得已經看不清面容，寬大的手術衣將他完全包裹在裏面。

沿江市的各大醫院能夠進行心臟外科手術的不多，而這種難度的心臟手術，又是急症的更少。

能夠做心臟手術的多半是教授專家一級的人物，榮光醫院養不起大牌教授，特別是眼高於頂的心胸外科教授，在這小醫院心臟手術，還是第一次。

當趙燁穿好手術衣出現在手術室時，整個手術室的人都有些莫名的緊張，這也怪不了他們，心臟手術原本就是大手術，手術室裏真正經歷過這個等級手術的或許只有趙燁一個人。

好在這裏手術設備還是有的，例如體外循環機。

前任王院長建設醫院的時候也是野心勃勃，想要將醫院建成沿江市頂尖的大醫院，可惜他的願望是美好的，現實卻很殘酷。

他花了大力氣買來的設備有很大一部分都從未用過，例如這套體外循環機和手術顯微鏡。

董楠快步跑到手術室的時候，看見趙燁剛剛拿起手術刀，可還沒等他進入手術室，刀子已經劃破了皮膚，留下鮮紅的一線。

趙燁僅用了一刀就切開了皮膚，露出了胸骨，胸骨正中的切口是標準的體外循環心臟直視手術切口，適合任何部位的心臟手術。

整個切口大約二十五釐米長，觸目驚心！

董楠戴上手術帽和口罩走進手術室，他原本是打算阻止趙燁的，可是最後他又改變了主意。

手術室內一片安靜，大家都緊張得不得了，任何一步都小心翼翼的，就連巡迴護士都不敢偷懶，平時手術護士都是在一邊坐著看的，此刻她們卻站在門口待命。

而麻醉醫生則施展渾身解數在熟悉體外循環機，這東西他有幾年沒擺弄了，此刻熟悉一下，避免一會兒出錯。

手術中的趙燁很專注，切開皮膚後便開始組裝電鋸，人的胸骨很結實，手術刀再鋒利也弄不開骨頭，所以還需要用骨鋸來開胸骨。

從趙燁開刀的手法上來看，他絕對不是普通的外科醫生。上次趙燁的手術董楠並沒看清，此刻在手術室內觀看手術的他，幾乎可以肯定趙燁絕非普通醫生，趙燁在患者胸部開的手術切口非常完美。

接下來的操作更是讓人眼花繚亂，手術刀輕易地劃開心包，顯露出心臟，接著用血管鉗鈍性分離、查找血管。

這是對心臟外部的探查，主要是勘察主動脈、肺動脈、左右心房、左右心室、上下腔靜脈和肺靜脈的大小、張力以及是否有震顫，還要檢查是否存在左上腔靜脈及其他心外可能出現的畸形。

隨著手術的進行，董楠一步步退出了手術室，同許多人一樣，他害怕自己影響了手術。他輕輕地退出手術室，手術室內的情況他再也不擔心，他突然對這個並不瞭解的醫生很有信心。

榮光醫院的第一台心臟手術就誕生在今天，心臟手術在大醫院或許沒什麼，然而在榮光這樣的小地方就不一樣了。

在沿江市能夠做心臟手術的人不多，特別是給這樣的孩子做手術，小孩心臟原本就小，對手術限制頗多，這種手術遠比成人的心臟手術要困難。

其次這手術並沒有經過漫長的術前準備，在手術前通常要給患者服用許多藥物，並且制定周密的計畫，可是趙燁這些都沒有做，就匆忙地上了手術台，但他卻絲毫沒有慌亂的跡象。

在趙燁買下榮光醫院以後，醫院裏的焦點人物不是美麗而富有的趙依依院長，而是趙燁這個年輕的外科醫生。

來醫院才幾天時間，他就搞出了這許多事情，如今更是大膽地在無人簽字的情況下進行了心臟外科手術。

這件事立刻在醫院裏傳開了，甚至連趙依依都跑來觀看，她不擔心趙燁手術失敗，但是她卻擔心這件事會惹上官司。

孩子的父母依舊是那張臭臉，互相不理睬，對於孩子的手術也並不擔心，可就是站在手術室門口不走。

孩子的奶奶則是一臉的擔心，不斷地問兒子，孩子會不會好？那孩子的父親還是很孝順的，雖然他不喜歡自己的兒子，可還是不斷地安慰自己的母親。

趙依依很快瞭解了大致情況，俏麗的臉龐沒有過多的表情，從董楠手裏接過手術同意書說：「老人家，孩子手術必須簽訂這個同意書。」

「你是誰？這個同意書我不簽，誰願意簽誰簽！」

「孩子的命你不要了麼？如果你不簽字，我們只能暫停手術，送到其他醫院去治療！」

趙依依這句話其實多半是威脅，有時候這是必須的。

「愛怎麼辦怎麼辦，反正我不簽字，簽字了我也沒有錢，另外這野種不是我的孩子，你去找他媽去。」

「老娘我也不管，這孩子是不是你的種，你自己清楚！」

兩個人又開始了無休止的爭吵。這時，孩子的奶奶顫顫巍巍地站了起來對趙依依說道：「我來簽字，無論如何也要救救我的孫子，我沒錢，但是你放心，我就是撿垃圾也要把錢攢夠了還給你們！」

簡簡單單的幾句話，卻讓趙依依內心無比震撼，作爲醫生，她看得出這老人身體並不好，照顧孫子很吃力，可是這幾天，她卻沒日沒夜地守在病床前……

看慣了生死的趙依依突然感覺眼睛有些濕潤……她覺得經常闖禍的趙煒這次做得很對，這樣冒險的手術是值得的！

心臟是人類最重要的器官，脆弱的心臟，哪怕一個小小的失誤就會造成永久性的不可逆轉的損壞。

心臟的損傷很難逆轉，只要趙煒有一個失誤，那麼就是醫療事故，吃官司是免不了的。

中國有句老話，常在河邊走，哪有不濕鞋！

諸葛亮尚且智者千慮必有一失！

醫生在千百台手術中下來沒有失誤是不可能的，只是失誤並不一定都非常致命，很多手術的失誤都是可以彌補的。

所以醫院中的醫生經常感歎，賺著賣白菜的錢，卻操著賣白粉的心！

當然這多半是年輕醫生的抱怨，掌握了賣藥利潤的大主任賺錢不比賣白粉差的多。

趙煒並不是那種救世英雄，其實他也害怕，這孩子沒有進行術前準備，心臟的強度達不到手術的標準，萬一失誤，恐怕無法彌補。

事業上的挫敗還是小事，最難過的是良心上的譴責。

趙煒這手術，是看在那位慈祥的奶奶份上才做的。

否則面對這樣無良的父母，趙煒或許應該會先呼叫員警，徹底的將麻煩趕到一邊去。

醫療糾紛是這個畸形社會的產物，現在人人的眼睛都盯著醫院，似乎跟醫院有著深仇大恨，似乎醫生都是殺父仇人。

手術室裏的趙燁壓力很大，生怕一個不小心弄破了小孩的心臟，好心也變成了壞事。

趙燁只是個普通的醫生，雖然手術做得漂亮，可他也不能保證任何手術都是成功的。特別是小孩子的手術他練習得不多，雖然人體結構都差不多，可畢竟縮小了一圈，手術中趙燁總是覺得怪怪的。

手術室內雖然有空調保持二十三度的恒溫，然而趙燁卻不斷地流汗，巡迴護士幾次給趙燁擦汗都無濟於事。

在完成了體外循環以後，也就是利用人工心肺機代替心臟維持血液循環，主刀醫生趙燁趁機對心臟進行修復。

說起來簡單，操作起來卻很難，每一步都要小心翼翼，打開心臟，用人工修補材料縫合……

趙燁不疾不徐地一步步進行著手術，注意力完全集中在手術上，雖然他心裏壓力很大，可在手術上卻根本看不出來。

手術室外面的人卻將緊張寫在了臉上，站在手術室門外的除了家屬還有幾個醫生，董楠就是其中之一。

這個東北漢子此刻是真的關心手術的結果，他跟外科主任那一派人不同，那群人始終對趙燁保持著敵對態度。

外科原本是他們的天下，沒有人歡迎趙燁這個比他們強了太多的人物，董楠是個特例，脾氣耿直火爆的他原本就不喜歡主任那群人，可是現實擺在那裏，再有個性的人總會被這殘酷的世界磨去棱角。

在醫療界想要出人頭地，依靠的不是出色的技術，更不是對待病人的慈悲，而是領導的賞識。真正在臨床上強大的醫生，不一定是職位最高的。

董楠自認爲自己是普通人，所以他屈服了，漸漸地他變成了跟其他醫生一樣的人，一起開藥、吃回扣，面對生死變得冷漠，開始對一切都漠不關心。

看著趙燁手術，董楠才真正明白，原來他已經厭倦了這樣的生活，厭倦了在榮光醫院行屍走肉般的生活。

曾經的他，是多麼嚮往成爲受人尊敬的一代名醫！

第十劑

開除醫生的命令

「好了，我現在宣佈一件事，今天上午九點之前沒有去查房的，全部開除！」趙燁對著辦公室那群面帶笑容的醫生冷冷地說道。

比寒冬臘月的寒風還要刺骨的話語，瞬間凍結了每一個人，所有的醫生都愣住了，沒人想到趙燁如此強勢地對待他們。

如果全部開除，醫院也不能運轉了，難道他真要拚個魚死網破？

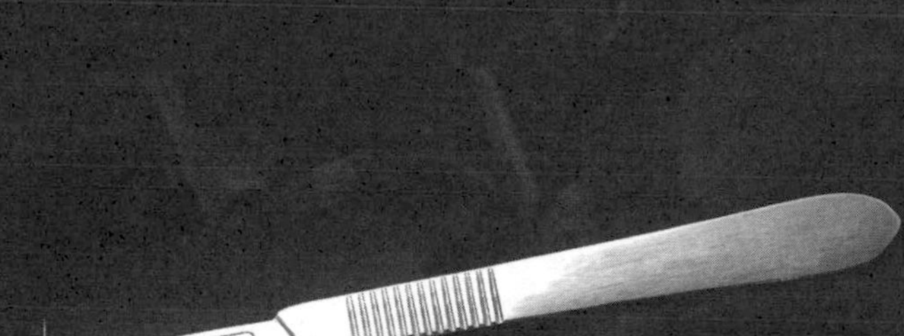

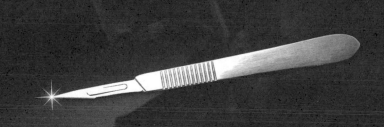

趙燁的手術速度很快，從打開胸腔到連接心肺機，再到現在對心臟的處理，僅僅用了三十分鐘。

董楠很驚訝，他不敢相信這樣的速度。

「很驚訝嗎？這還不是他的最佳狀態！」趙依依突然出現在董楠身邊。她剛剛擺平了手術簽字的問題，現在終於放下心來觀看手術了。

「他一直都這麼快嗎？」董楠從來沒見過這樣的手術，知名教授的手術他見過不少，但印象中似乎都不如趙燁這般快，更沒有他這樣自如。

「對於外科醫生來說，做手術的速度是一項重要的武器，當然，除了快，還要保證精準無誤才行！」

「我見過趙燁幾次手術，每次他都能夠在保證完美的情況下，用不可思議的速度完成手術。就像今天這心臟手術，他沒傷到任何血管組織，更是幾乎沒有對心臟造成任何損害。」

「你再看看他的縫合，多麼漂亮，你從來沒見過這樣的縫合方法吧！這就是他獨創的縫紉機方法，你有空可以跟他學習一下。」

趙依依說起趙燁，一臉的自豪，這個她曾經的實習醫生，早已經超出了普通醫生的範圍，趙燁的手術能力已經超出了趙依依這個美國名校海歸一大截。

「我可以跟著他學習嗎？」

「當然可以，他應該很樂意教你！」

手術室外面，人人都在等著心臟手術的結果，這心臟手術是榮光的第一次大手術。其實人人都知道榮光醫院效益不好，很多醫生在王院長走了以後，都有離開的心思。董楠也是如此，他不是個甘於平庸的傢伙，碌碌無爲不是他的作風，他一直都想出去闖闖，可是現在他又動搖了。

榮光醫院難道不能實現夢想嗎？董楠有種感覺，如果留在這裏，似乎是更好的選擇。

趙依依看著趙燁手術，彷彿自言自語，又好像是在對董楠說：「你是趙燁在醫院裏唯一的朋友吧，他雖然沒有對我提起過，但是我看得出來。醫院即將發生較大的人事變動，會有不少人離開，醫院也會重組。」

「外科我會交給趙燁全權打理，我想他會將科室劃分得很細緻，對了，你的專長是哪方面？」

面對趙依依的疑問，董楠不假思索地道：「骨科。」

「骨科？恰好是趙燁的弱項，你們可以相互學習！」

董楠沒有說話，依舊通過窗子，望著手術室裏忙碌的趙燁，彷彿在思考著什麼。

此刻趙燁的手術已經接近了尾聲。人工補片已經置入了心臟，趙燁用他特有的縫合方法將其固定在心臟上，然後再次將心臟與大血管對接，停止人工心肺機。

手術僅僅用了四十分鐘，等在外面的醫生多半已經散去，他們對趙燁很是羨慕，眼紅這個年輕醫生做成了醫院的第一台心臟手術。

董楠望著成功的手術，以及漸漸離去的同事們，突然對趙依依說道：「其實我還沒考慮好是不是要留在這醫院，您是院長，可這醫院您真的瞭解麼？」

「我把趙燁當朋友，我知道你們兩人關係不一般，所以我才會說這些，醫院裏大多數人對咱們醫院都沒什麼信心，因此在工作上也多半都不賣力。」

趙依依擺了擺手打斷了他的話，伸手指著正在縫合皮膚的趙燁說道：「你看到趙燁了嗎？這是你們外科未來的大主任，他是一個善於創造奇蹟的人。」

「去年他還是個實習醫生，可現在卻要成爲我們醫院的主任了！或許我們榮光很小，當個主任也沒有什麼了不起，可是榮光不會永遠這樣，我知道你對我這個新院長的期望並不高，但時間會證明一切。今天的心臟手術就是開端，以後我們醫院會有更多的手術。」

「可是我們沒有那麼多人啊！」

「沒有人可以去請，或自己來培訓，根據你們未來趙燁主任的意思，外科未來的主打將是神經外科與心臟外科。你這個骨科的專家要加油了，小心被邊緣化了！」趙依依微笑著說道。

此刻手術室內的趙燁完成了最後的縫合，輕輕地剪斷縫合線，對傷口進行敷藥包紮。趙燁終於鬆了一口氣。

手術雖然時間不長，可是讓人很緊張，趙燁生怕這手術失敗，害怕讓那期待萬分的奶奶傷心。

手術室內其他成員更緊張，這四十多分鐘的手術對他們來說，宛如一個世紀，第一次參加這樣的大型手術，還是沒有事先準備的，著實讓他們手忙腳亂了一陣，還好主刀醫生非常厲害。

如今走出手術室的他們各個挺胸抬頭，彷彿高人一等般。

趙燁是跟著患者一起出來的，孩子手術的成功，讓孩子的奶奶喜極而泣。

孩子的父母雖然沒上前，卻也遠遠地看著孩子。雖然兩人看起來對孩子十分冷漠，畢竟還是有些感情。

看著高興的趙燁，以及其他自豪的手術成員，董楠突然對趙依依說道：「我想留在榮光醫院行嗎？人事調動的時候，我希望您將我留下！」

「好的，其實我看過你的簡歷以及手術經歷，你是個好醫生，我們歡迎你這樣有經驗且醫德高尚的人才留下！」

趙依依對於董楠這樣的人能留下很是高興，其實醫院面臨著非常大的難關，如果真如趙燁計畫那樣進行改革，很多醫生會離開。

董楠留下，無疑給他們豎立了一個榜樣，趙依依這個院長如今當得是小心翼翼、如履薄冰，雖然有些勞累卻也非常幸福。

她喜歡面對這些挑戰，特別是這種充滿了希望的挑戰。今天這手術，讓趙依依看清了很多事情，或許醫院的改革並不會那麼困難。

趙燁這個手術，讓趙依依看到了希望，醫院的特色由男科轉變爲心胸外科與神經外科也許用不了多久，脫胎換骨並不是不可能！

心臟手術的創傷很大，虛弱無比的孩子被送回病房。

完成了手術的趙燁，彷彿做了一件很平常的事，事實上，這對趙燁來說的確很稀鬆平常。

只是榮光醫院的醫生們過於重視這個手術了，這個在大醫院很普通的手術，在私人醫院也算是前所未有的。

醫院裏以外科主任爲代表的醫生們已經明白了，趙燁的地位不可動搖，任何人都別想把他趕出榮光醫院。

很多人都看得出來，趙燁這手術做得很是輕鬆，那麼短的時間，又是如此突然的急救手術，他卻很容易就完成了。

除了外科主任，人人都承認，一個年紀僅二十出頭的醫生能有如此出色的能力，在主任與趙燁的爭鬥中，主任明顯已經失敗了。

其實這爭鬥對於趙燁來說根本就是一個笑話，趙燁從來沒想過要爭什麼，他來到榮光醫院要的就是自由自在，要的就是能夠安心地治病救人。

手術結束以後，趙燁沒做任何事情，他依然埋頭工作，爲的是進一步融入這個醫院的大環境中。

可是那老主任不這麼想，他看不慣別人成功，特別是趙燁成功，哪怕趙燁根本沒打算跟他爭什麼。

他與眾死黨躲在角落裏商量著什麼，趙燁知道他們不會研究什麼好事，但他不關心。醫院的改革勢在必行，並且趙燁已經打定主意將外科主任，不，確切地說是男科主任趕出榮光醫院。

還是那句老話，醫術不行可以培養，醫德缺失是一輩子的事。

這種難度的心臟手術對趙燁來說就是家常便飯，他不會因爲這個手術而興奮，更不會有什麼特別的想法，如果硬要說趙燁有什麼收獲，那就是不到一個小時的手術卻挽救了一個生命，這讓趙燁有一種成就感，一種滿足感。

這種治病救人所帶來的成就感，讓趙燁很享受，第二天一早上班的第一件事，就是去病房查看昨日手術的孩子。

心臟手術創傷很大，經過一夜的休息，孩子目前已經轉醒，只是麻藥效果退卻，刀口疼得厲害。

孩子不停地哭鬧著，他奶奶陪在身邊有些手忙腳亂，孩子的父親也在身邊，眼神中那絲關心是藏不住的。

哭鬧中的孩子不斷地呼喊著：「媽媽，我要媽媽。」

昨天在手術之前，他看到了母親，可是母親對他很冷漠。懂事的他看出了一些端倪，他不敢跟媽媽說話，他害怕爸爸生氣，那時他只是蜷縮在奶奶懷裏，然後心臟病發作，他便什麼都不知道了。

如今他醒過來，又想起了媽媽，小孩子對母親的依戀是無法想像的。這孩子即使從小就跟在他奶奶身邊，可是對母親的依戀依舊無法改變，他不停地吵鬧，而他奶奶則不斷安慰著他，同時呵斥兒子去尋找孩子的媽媽。

孩子的父親是個孝子，他不敢違抗母親的命令，可他不喜歡這個孩子，因爲這孩子很可能不是他親生的，他更痛恨孩子的媽媽，痛恨她的背叛，她的無情。

對母親的孝順與對妻子的痛恨，讓他極度矛盾，他無法給出自己的答案，孩子的吵鬧讓他心煩，在他左右爲難，即將崩潰的時候，門口的一位護士終於引爆了這個男人心中的火藥桶。

「你們是孩子的家屬吧，現在病人的帳面上已經沒有錢了。昨天的手術費你們還沒交，一共欠了六萬多，如果不交錢今天就要停藥了。」

年輕的護士完全沒注意到病房的情況，例行公事地通知完便離開了，高傲地甚至不多看一眼。

六萬多塊錢並不多，那人工修補材料的費用就值三萬多，再加上人工心肺機的費用等等，這手術費比起其他大醫院要便宜不少。

可這錢對於這孩子貧窮的家庭無異於天文數字，趙燁早在手術之前就已經決定，如果這孩子沒有手術費，他會自己掏腰包。

可在趙燁掏腰包之前，護士卻來催賬了，同時他也點燃了孩子父親的怒火，壓抑許久的憤怒爆發了出來。

「別他媽哭了，你媽她已經死了，以後少給老子哭，你這個野種。」他絲毫不在意孩子術後脆弱的心臟，野獸一般大吼大叫著。

「你這是幹什麼，孩子剛剛手術完，怎麼能這樣！」孩子的奶奶道。

「反正都是個死，我們哪裏有錢給他付手術費，沒有錢今天就要停藥，他能活嗎？這野種死了就死了，他又不是我的孩子！」

「你給我出去，我才不管，小寶就是我的孫子。」老人緊緊地抱住孩子，孩子就是她的一切。

「我就是撿垃圾也要給他付手術費！大不了我把老家的房子賣了，還有田……」

老人不知道她撿垃圾是不可能湊齊六萬的，更不知道她的田地與老宅不值錢，雖然那是她的全部財產。她只是想保護自己的孫子，無論如何，哪怕這孩子真的是野種也好。

從醫生的角度來說，介入別人家庭的紛爭是不應該的，醫生只負責看病、開藥、開刀，對於其他的問題一概不過問。

可今天趙燁無論如何都不能不開口了，心臟病術後原本就需要個安靜的環境，如今孩子又哭又鬧，原本就是很危險的事情，現在孩子的父親又變本加厲，完全不顧孩子的安危。

孩子脆弱的心臟就是個定時炸彈，一旦爆炸，就算趙燁是大羅金仙也救不活了！

「給我出去！」趙燁板著臉指著孩子父親的臉說道，「你給我出去，病人需要安靜，如果你還在這裏搗亂，我會叫保安請你出去！」

在孩子父親離開之後，趙燁又對孩子的奶奶說道：「老人家，您也先離開吧，手術費你不用操心了，我是醫生，我說了算。」

老人家有些擔心地看了看孫子，或許是醫生在她心目中的神聖地位，又或者是趙燁神奇的醫術讓她相信趙燁不會說謊，她戀戀不捨地走出病房。

病房裏現在就趙燁跟患者兩個人，小孩子剛剛經過心臟手術十分虛弱，再加上哭鬧了許久變得有些疲累，如今單獨面對趙燁這個陌生的醫生顯得有些害怕，抽噎著不敢作聲了。

其實這孩子今天這麼折騰還沒事簡直是奇蹟，趙煒都懷疑是不是自己縫合得太好了，或這小傢伙生命力太頑強了。

「你別害怕，我是你的醫生，看到你胸前的傷口了嗎？那個就是我給你做手術留下的痕跡。」

「我知道，奶奶說了，你是個好醫生，是你把我救了回來，還要我以後一定要報答你！」

小傢伙說得很認真，似乎真的要報答趙煒一般，趙煒看著小傢伙那副認真的樣子笑了，他倒不求他什麼報答，能有這麼一句感恩的話就行了。

窮人家的孩子總是早熟，環境決定了他們的性格，他們擁有有錢人家孩子在溫室中永遠體會不到的東西。

「好了，你不要哭鬧，我知道你很疼，可是你要知道，這是沒有辦法的事情，就好像你爸爸媽媽要出去賺錢，供你上學，養你長大一樣。」趙煒輕輕地撫摸著孩子的頭說道。

「我知道，可是我想媽媽。」

「你媽媽其實一直在看著你，只是你看不見她而已，她一直在注視著你！你要聽話，總有一天她會出現的，另外你還有奶奶啊，奶奶多疼你啊，你不要哭鬧，不要讓奶奶擔心。」

「我知道，可是我想媽媽！」

趙燁知道他雖然懂事，可畢竟是個孩子，孩子永遠是孩子，他能不哭鬧，已經讓趙燁很欣慰了。

「好了，現在我給你打一針，睡一覺，一切都過去了！手術的疼痛算不了什麼，你胸口留下個傷疤也算不了什麼，傷疤是你堅強的證明，你要保護你的奶奶，要承擔起責任。」

趙燁一邊說著，一邊給他注射了催眠的藥物，疼痛難忍的他必須睡覺，否則情緒激動下完全可能生出不必要的危險。

趙燁走出病房悄悄地關上了門，走向榮光醫院的交費處，即使是醫院的股東也要按程序辦事。趙燁掏出自己的信用卡，準備給孩子繳納欠下的手術費，可那負責繳費的工作人員卻告訴他，病人帳戶餘額還有一萬多。

「弄錯了吧！剛剛還催款呢？」趙燁說。

「沒錯，剛剛是催款了，不過有人替他交了，是個女的，挺年輕，不過濃妝豔抹的不像個好人……」

趙燁一聽就知道是誰，肯定是那孩子的母親。趙燁很奇怪，那冷漠的母親既然不關心自己的孩子，為什麼要跑回來呢？

趙燁輕輕將信用卡放了回去，孩子家庭貧困，這筆錢既然不能給他看病，那麼就留下來給他讀書吧！

在趙燁準備回去繼續看病的時候，卻聽到有人喊他。

「哎，這不是趙醫生，我找你半天了，昨天下午說好幫我檢查身體，怎麼一轉眼就去做什麼心臟手術了。現在有空了吧，快點幫我做檢查！」說話的是那位被稱作豹哥的李強，一頭的黃毛，叼著半截香煙。

其實他並不太信任趙燁，當然經過昨天的心臟手術他開始喜歡趙燁了。他痛恨醫生，可他痛恨的醫生中不包括趙燁這樣的。

中國有句俗語叫做天下烏鴉一般黑，主張一竹杆打死一船人，一個活口兒也不留。

在管理學上這叫「暈輪效應」，例如：例如說到河南人，很多人會說河南騙子！說到上海人，都說上海人看不起外地人，不是東西。說起東北人，都是黑社會。說起醫生，全是庸醫，都是爲了錢的。說起員警，都是跟盜匪一家的混蛋。

實際上這話正確嗎？

不一定，河南人都愛欺騙別人嗎？

不一定！東北人都是黑社會嗎？

不一定，員警？醫生？

這些都是受到「天下烏鴉一般黑」俗話的影響，是這句俗話的變異思維。

最慘的就是男人，有句俗話：「是貓就愛偷腥。」

這句俗話實際是「天下烏鴉一般黑」的翻版。

還有蹩腳電視劇裏最流行就是：「男人沒一個好東西！」

人人都知道這是錯的，可國人潛意識裏依舊認同這句話。

李強痛恨醫生，所以他對醫生總是沒好感，於是才有了他沒事跑到榮光醫院不給錢的胡鬧舉動。

可如今趙燁卻改變了他對醫生的一些看法，其實好醫生也是有的，就像豹哥李強一直覺得自己是個好人。

李強自認爲是混黑社會的，其實他跟黑社會還沾不上邊，然而這不影響他每天出去打打殺殺，可他混也有自己的道。

例如他不欺壓良善，從來不去禍害平民百姓，他把自己的所作所爲叫做替天行道，跟梁山好漢是一樣的。

他覺得自己就是混混中的另類，而趙燁則是醫生中的另類，這樣的人不多了。

趙燁看到李強的時候拍了一下腦門兒道：「這都是我的錯，竟然忘記了給你安排檢查，實在是不好意思，我們現在就去做檢查。」

李強是這樣的一個人，他喜歡上什麼人會很遷就他，如果討厭上一個人，即使你做得再好，也會不斷地找你麻煩。

面對趙燁，他現在是和顏悅色，他很欣賞趙燁處理那個心臟病小孩的做法，如今趙燁在他眼中就是白衣天使。

其實趙燁對他的病心中有數，上次他隱約已經猜到了幾分，李強這種麻木，必定是神經系統的疾病。

這種病可能是腫瘤，算不上什麼好消息，趙燁沒有說出這些，只是帶著他去檢查，然後慢慢地等待檢查的結果，榮光醫院的ＣＴ機算不上什麼高端設備，可這東西對趙燁來說足夠了。醫生不能太依賴設備，無論中醫還是西醫都是這個觀點。

趙燁即使沒有設備，也能大致推斷出李強的病情，如今只需要用ＣＴ在他懷疑有腫瘤的位置掃描一下就可以確定。

紀。

李強對於身體還是挺愛惜的，雖然總是打架受傷，但李強還年輕，還沒到看破生死的年紀。

「看這裏，亮度比較高的這個橢圓形就是腫瘤，我準備把它取出來。至於是良性還是惡性我還不清楚，你要有心理準備。」趙燁指著剛剛拍好的CT說。

「沒事，我相信你肯定有辦法！」李強一副不在乎的樣子說。

趙燁都不知道這傢伙到底爲什麼對自己如此信任，這手術他的確有辦法，如果是良性的，那麼直接切除，如果是惡性的，易盛藥業的藥物也可以幫助他，反正他死不了就是了。

趙燁將CT片子收起來遞給李強道：「這東西收好，你這手術我能做，至於是不是良性腫瘤，手術以後再說。」

「手術要多少錢？」在趙燁離開前，李強突然問道。

「兩萬左右吧！」趙燁不假思索地回答道。

「我沒錢……」

錢是好東西，雖然說錢不是萬能的，可沒錢卻是萬萬不能的。因爲錢在關鍵時刻非常有用，例如現在，李強明明有救，卻沒有錢。

趙燁是富翁，卻不是愛心氾濫的大善人。這李強身強力壯，即使不是很富有，也不會連兩萬塊錢也拿不出來吧！

資助那孩子是一碼事，這李強又是另一碼事，趙燁不會無緣無故地資助別人。

李強沒等趙燁說話，繼續說道：「能不能先手術，然後這錢慢慢還給你，你放心，我絕對不賴賬！我決定了，以後我就在這醫院做保安，我知道院長是您的姐姐，我當保安沒問題是吧！」

「我們已經有保安了。」趙燁沒好氣地拒絕道。趙燁對李強始終不信任，這人畢竟是個混混，而且還給榮光醫院帶來過許多麻煩。

這樣的人現在看起來還不錯，可誰知道他是不是能改掉所有惡習？萬一他當了保安，又變回原來的樣子，恐怕榮光醫院會被他弄得烏煙瘴氣。

李強看出了趙燁的不安，他用拇指指著胸口說道：「放心，我不會給你添麻煩，我既然要當你這裏的保安，那就證明我會好好幹。」

「另外你這裏的確需要保安，你這裏現在的兩個保安不稱職。你看看醫院樓下，看到那幾個人了麼，他們在這裏蹲點好幾天了，估計是跟你們有仇的，你們的保安明明都知道，卻什麼都不說，你說他們稱職嗎？」

李強不屑地說著，然後扔掉手裏抽了半截的香煙，皺著眉頭繼續道：「好了，現在讓你看看什麼叫做保安。今天起，我就是榮光醫院的新保安，放心，我工資要得不高，具體的一會兒跟你談。好久沒打架了，我去活動活動筋骨！」

趙燁攔不住李強，也不想攔。保安的問題趙燁的確想過，那兩個保安拿著工資卻不幹活。李強以前在這裏看病從來都不給錢，他們卻連屁都不敢放一個，趙燁早想辭退他們了，至於雇用李強，趙燁還沒有想好。

可李強自己卻覺得這保安已經是囊中之物，他將拳頭捏得咔咔作響，走出醫院大門抓住一個年輕男子就是一拳。

他當然不是亂打，這幾個人在榮光醫院門口晃悠很久了，李強本人也是混混，還是混混頭子，他當然知道這幾個傢伙是幹什麼的。

無非是收了錢來搗亂，或是打人的，後者的可能性大一些，與其被打不如先下手爲強。

李強打架的套路很是野蠻，趙燁原本不打算出現，可是最後他還是跟著走出了醫院大門。

站在門口的趙燁看到李強三拳兩腳就打倒了一個年輕人，他的招式厲不厲害趙燁不知道，以醫生的角度來看，被李強打倒的傢伙受傷很重，橈骨、尺骨雙骨折，肋骨骨折，沒什麼生命危險卻疼痛萬分。

李強打架不要命，衝上去就是拚命的招式，反正他不怕疼，再加上身體強壯，皮糙肉厚的，他這種不要命的打法，讓對方很是膽怯，以至於他一個人面對幾個人竟然還占了絕對的優勢。

李強打架經驗豐富，他看出了對方的膽怯，於是乘勝追擊，又打倒了幾個人，剩下的幾個一見苗頭不對，撒腿就跑。

可他們沒跑出幾步就絕望了，因爲他們前方不知道從哪裏冒出一批人來。這批人他們雖然不認識，可也看得出他們眼中那不友善的眼神。

李強得意地走到趙燁身邊說：「怎麼樣，看到了我的厲害了吧！你就要我這樣的保安，你看看你們的保安是什麼東西，門外打架都打到這個程度了還沒出來制止。」

趙燁的確很鄙視那兩個躲在保安室裏不敢出來的窩囊廢，可是這不代表他認同了李強，李強是個好漢，可趙燁經營的是醫院，不是保安公司，否則趙燁絕對高薪聘請他。

李強也不多說，指揮小弟把那幾個小混混提了過來，然後對著那小混混就是一腳，踢得他哇哇直叫。

「說吧，你今天是當醫托，還是幹別的什麼？」

「有人給我們錢，說讓我們教訓一個叫趙燁的醫生……」

「你他媽把話給我說完，誰給你錢！」李強脾氣很暴躁，對著那傢伙又是一腳。

「我不知道啊，他好像是賣藥的……」

趙燁這下明白了，是那個醫藥代表，賣藥的趙燁就認識那一個，得罪的也只有那一個，原本還心存僥倖，可今天看來，那傢伙似乎並不打算善罷甘休。

「好了，放心吧！有我在，我會盡職盡責做好保安的！」李強點燃了一支煙，深深地吸了一口，道：「這是我最後一次打架，以後我會帶著我的幾個兄弟在你這裏安心做保安，保證醫院的安全，讓那些什麼醫托、醫鬧、搗亂的統統滾蛋。」

躺在地上哀嚎的人引起了行人的矚目，趙燁沒辦法，只能把他們抬到醫院裏去。

李強對於趙燁的仁慈有些不屑：「這些狗東西直接送回家，管他們幹啥！」

「總不能放在門口吧，算了，正好醫院裏缺病人。好了，你先回去吧，至於保安的問題我會考慮的。」

「考慮什麼？我現在就開始上班算了！」李強一臉不在乎地道。

「你要上班也要等這群人不在醫院吧，你不是想讓我付醫療費吧。等他們出院了，保安就是你的了。」

「但是有個前提，你不能隨便打人，不能私自打架，否則一切都免談。」趙燁嚴肅地說道。

李強今天幫了不少忙，趙燁不是不知道有個好保安的重要性。榮光醫院的情況複雜，李強雖然暴力傾向嚴重，可是有時候就是需要這樣的人。

如果不是李強，今天的事情恐怕沒這麼簡單，閃電出手將這群小混混震懾住也是個好辦法。

「放心，我是病人，等我病好了就不打架了，我也怕疼啊。」李強微笑道。

醫院裏突然多了一批病人，讓閑著的醫生們忙碌起來，醫院裏最擅長骨科的就是董楠，這個東北漢子身強體壯，看到這批病人，他猶如貪食者看到了食物，兩眼放光。

榮光醫院多久沒有這麼多病人他已經記不清了，董楠一直希望自己能夠成爲一個好的骨科醫生，可是在榮光醫院他接待的都是什麼病人？

前列腺病人、包皮過長病人……反正都是一些他看到就鬱悶的病人，不是說他鄙視這些病人，只是這疾病實在太簡單。

董楠還年輕，他還想提高，誰甘願平庸墮落呢，趙燁不想，董楠也不想。所以病人少，也是他在這裏不開心的原因。

如今看到如此多的骨傷病人他是喜形於色，開心地去給那些輕傷的病人做復位，也就是傳說中的接骨，電視中經常能看到，醫生一用力，病人慘叫一聲，骨頭就接上了。

看似簡單，卻是一個很難的過程，更是一個痛苦的過程。不過董楠很高興，簡單地處理了一些病人後，又給嚴重的病人做牽引固定，安排手術日期。

這些被打的傢伙沒有幾個有外傷的，畢竟不是車禍，最多是骨頭斷了，最嚴重的一個是上肢骨骨折，李強手法非常狠辣，竟然將骨頭折斷了。

看到醫院一片忙碌的繁榮景象，趙燁很是高興，如果醫院總是有這麼多患者就好了。高興的同時，他也在擔心，那個醫藥代表肯定還會惹事，而且醫院的問題還沒有解決。例如那外科主任，他現在明顯對董楠也開始冷淡，這個看不慣別人高興的傢伙，現在整天繃著個臉。

但是還好，他的合同快要到期了，只需要再忍耐兩個月，醫院裏換一批醫生，必定會有新氣象。

還有個問題就是這批人走了新人招聘的問題，這個必須在近期內提到議程上來。

一個剛剛從學校畢業的應屆學生，不得不開始考慮很多事情，他剛剛脫離了實習醫生的

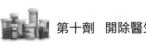

名號，如今卻又要做一名社會實習生，學著如何適應社會。

人一生中總是要學習，總是要面對各種各樣的問題。

很多人對此總是抱怨，其實人人都是這樣，即使是那些有錢的富二代闊少們也有點煩心的事。

只是大小不同而已，遇到問題就要解決問題，積極地面對，這才是最好的生活態度。

所謂的「強」是一種態度，是享受生活爲你準備的每一道菜！

李強的衝動很有效，打了人以後，不僅讓醫院多了一批病人，更讓整個醫院安靜了許多，也讓醫院的床位看起來不那麼空了，當然也賺了一筆醫療費，趙燁也小小地黑心了一把。

趙燁給李強做了檢查，然後又安排了手術日期，手術就在榮光醫院，這手術並不難，唯一害怕的就是那腫瘤有可能是惡性的。

所謂的惡性腫瘤就是癌症，切除了還會復發，可是趙燁並不擔心，易盛藥業的藥物目前進展得很迅速，臨床應用上已經開始進行大面積測試。

趙燁特意給李強安排了單間病房，他害怕李強跟那群被他打了的人住在一起會打架。

可是過了幾天，趙燁卻發現，那群人竟然全都跟在李強身後，一口一個豹哥地叫著，遞煙的遞煙，倒茶的倒茶，反正恭恭敬敬地伺候著，這是趙燁無法理解的超自然現象。

這兩天沒有什麼新來的病人，老病人也都恢復得差不多了，那位心臟病小孩恢復得很好，再也沒有吵鬧。

心臟手術將趙燁在榮光醫院的聲望推到了頂峰，許多病人甚至指名找趙燁看病，甚至闌尾炎一類的手術都要趙燁開刀，這使趙燁有些哭笑不得。

與此形成鮮明對比的是外科的大主任，曾經需要給紅包才能請得動的傢伙，如今門可羅雀，距離合同到期還有兩個月，他卻早早地就沒有活幹了。

原本輕鬆一點是主任一直夢想的事，可他卻不想以這種方式來輕鬆。雖然要離開了，這裏的一切跟他都沒有關係了，然而他卻看不得這醫院一片紅火的樣子。

看著手底下那幾個可憐的病人，再想想開藥拿不到回扣，以那點可憐的工資，根本就不夠他打麻將一夜輸的。

老主任突然萌生去意，這裏既然不要他，那麼還留在這裏幹什麼，如果他走了，這榮光醫院或許還沒什麼，但是要是將所有醫生都拉走呢？

如果將醫生都拉走，這醫院會立刻癱瘓，即使院長不放人，他也可以讓這醫院癱瘓，只要讓醫生們罷工就好了。

於是一個邪惡的計畫形成了。

這是老主任對付榮光醫院最後的辦法，也是唯一的辦法，更是最有殺傷力的辦法。

時間過得很快，不知不覺一個星期轉瞬而逝。

昨天趙燁抽出時間，將李強的手術完成了，腫瘤已經取出，目前還不知道到底是什麼性質的腫瘤。

如今他手下已經沒有什麼病人了，確切地說是沒有什麼需要醫治的病人，只有一個腦瘤患者，還在那裏沉睡，患者家屬依舊不知道如何處理。

他們還在考慮，其實趙燁覺得這患者應該放棄治療，或許殘忍了一點，但卻是最好的選擇。

然而趙燁卻不能說出來，畢竟親情擺在那裏，這樣做太殘忍了，誰都接受不了，卻又不得不接受。

查房的時候，趙燁多半會繞過那個病房，因爲患者的情況不用看他也知道，他不想對那患者的子女產生任何影響，他需要他們自己考慮的答案。

今天早上趙燁依舊如此，只是今天查房的時候有些奇怪，整個辦公室裏只有他跟董楠出去查房，其他醫生都懶洋洋地在辦公室裏坐著。

對於同事們的懶散，趙燁也很無奈，甚至有些習慣了，他也不理會，也管不了。

今天查房的時候原本也是要繞過那患者的，可是走到病房門口的時候，那患者的女兒看到了趙燁，於是跑了出來。

這是個十八九歲的小姑娘，很清秀的樣子，皮膚有點黑，似乎是長年日照的原因，不過很健康。

「趙醫生，我想找你談談。」女孩對趙燁說道。

「可以哦，有什麼事情說吧！」趙燁知道她應該是考慮好了，這個女孩到底會給出什麼答案呢？趙燁估計她多半會提出放棄治療，畢竟他們的家庭已經承受不起這疾病帶來的壓力了。

「趙醫生，我希望你能救救我的父親，我都聽說了，有個病人快要死了，卻被你搶救回來了，我希望你也能救救我的父親。」

「這是兩碼事，我能救不會不救的，我也跟你說過，你父親的病情不一樣，即使手術了，也恢復不了多少……還是會有一些精神問題。你明白麼？」趙燁不想說出這些殘忍的話，可是他又不能騙人，必須將實情告訴患者家屬。

「我知道，可是我又怎麼能眼看著父親死去呢？我不能……所以我想請醫生您盡力，我決定手術。」

「要不要再給你一天的時間考慮？」

「不用了，我考慮了很久了，手術吧！」

「那好吧，三天以後手術！如果你改變主意了，在手術前告訴我！」雖然他聽出了女孩話裏的堅決，可是趙燁還是決定給她三天的時間再考慮一下，畢竟是關係到一輩子的事情。

當然趙燁也是給自己時間，看看能不能在三天的時間裏找出方法，在手術中最大程度地幫助患者。

很快趙燁就溜了一圈，待他回到辦公室的時候，卻發現那群醫生還在閒聊。趙燁感覺到了氣氛的不對，這算是罷工嗎？

醫生們看到趙燁回來，都是一副冷笑，充滿了譏諷的意味。趙燁這次是真的火了，罷工嗎？既然罷工，不如就此永遠罷工下去。

「好了，我現在宣佈一件事，今天上午九點之前沒有去查房的，全部開除！」趙燁對著辦公室那群面帶笑容的醫生冷冷地說道。

比寒冬臘月的寒風還要刺骨的話語，瞬間凍結了每一個人，所有的醫生都愣住了，沒人想到趙燁如此強勢地對待他們。

如果全部開除，醫院也不能運轉了，難道他真要拚個魚死網破？

趙燁很少如此憤怒，入駐榮光醫院趙燁一直都很低調，對很多事情都是能忍則忍，退一步海闊天空。

可在趙燁一次又一次的忍耐下，這群醫生卻變本加厲，除了董楠，其他的醫生都是一丘之貉，跟那男科主任一副德行。

對此趙燁忍無可忍，這群人的罷工觸動了趙燁最後的底線，於是他毫無顧忌地在辦公室說出了開除的話。

「開除？你是什麼人啊，開除我？」大主任先發話了，他是這群人的頭領，出頭的當然也是他。

趙燁非常討厭這個無德無才的傢伙，一隻會吸血的蛀蟲，除了鬧事，除了權利爭鬥，還會什麼？

其實開除他們並不是趙燁頭腦發熱說出來的，改革醫院的事，他同趙依依商量過很多次，招聘一批新醫生的事情已經提上了日程。

只是他們需要時間，這個春天正是大學生畢業的時間，人才市場上不知道有多少璞玉等待著雕琢。

眼前這群已經定型的醫生，趙燁懶得跟他們再多說什麼，只留下一句：「不信你們可以在這裏等到九點，開除的通知九點半就會下來！」

趙燁說完頭也不回地走了，他不是院長，所以這件事他要通知趙依依，具體的命令還要院長下達。

請續看《醫拯天下》之六　揚名天下

醫拯天下 之五 黑心醫藥

作者：趙奪
發行人：陳曉林
出版所：風雲時代出版股份有限公司
地址：105台北市民生東路五段178號7樓之3
風雲書網：http://www.eastbooks.com.tw
官方部落格：http://eastbooks.pixnet.net/blog
Facebook：http://www.facebook.com/h7560949
信箱：h7560949@ms15.hinet.net
郵撥帳號：12043291
服務專線：(02)27560949
傳真專線：(02)27653799
執行主編：劉宇青
美術編輯：吳宗潔

法律顧問：永然法律事務所 李永然律師
北辰著作權事務所 蕭雄淋律師

版權授權：蔡雷平
初版日期：2015年2月
初版二刷：2015年2月20日
ISBN：978-986-352-110-5

總 經 銷：成信文化事業股份有限公司
地　　址：新北市新店區中正路四維巷二弄2號4樓
電　　話：(02)2219-2080

行政院新聞局局版台業字第3595號 營利事業統一編號22759935

定價：280元　　特惠價：199元

國家圖書館出版品預行編目資料

醫拯天下 / 趙奪著. -- 初版. -- 台北市：風雲時代，
2014.11-冊；　公分

ISBN 978-986-352-110-5 (第5冊：平裝). --

857.7　　103020592

繼《淘寶筆記》後，又一迅速致富的現代傳奇！
首部揭秘金融運作內幕的商戰小說
網路點閱率千萬破表，年度最受歡迎作家月關力作
獵財筆記
月關 著
投資是風險小的投機，
投機是風險大的投資。
投資不是投機，那是騙人的話！
看似人人衣冠楚楚，堂而皇之的商業活動
幕後陰謀詭詐，潛規則無數
笑臉背後，隱藏著你不知道的秘辛……
之1 冒險一搏
之2 金錢槓桿
12/21 搶錢上市